HADŽIBEG 3

KEMAL ČOPRA

Sarajevo 2017

ISBN-13: 978-1974284238
CreateSpace-Independent Publishing Platform

U današnji vakat svaka se riječ mjeri i premjerava i u svakoj se, meščini, neko nađe i zahatori. Svak na svoj način sluša istu priču, a svak drugačije čuje i razumi. Svako samo gleda imal đi mene u tome. Bezbeli da se i nađe, ako se traži dlaka u jajetu.

Pitam se jel gori onaj jedan što te pogrešno skonto il stotine što te nisu nikako razumjeli.

Dani nam lete ko djeca iz škole, a život prođe tražeć sebe u njem baš ko dlaku u jajetu.

Uzeir Hadžibeg

Lahko bi insan da nije gu`ice, đi god makneš eto je za tobom.
Nana Subhija

ĆEJF

Pitam jednog duduka:

-Znadeš li ti šta je ćejf?

-Đe`š me to pitat, Uzeire, to svako zna u Bosni!
-Haj` vala baš da te čujem!
-Ma to ti je ono, znaš ba, kad nešto uradiš za sebe, jal na svoju štetu pa kažeš bio mi ćejf ko što je Bebek pjevo. Il kad oćejfiš s rajom popiješ, pojedeš, malo se opustiš.

Zamuco on, ne umije mi ni rijet, a Bome, vidim ja da i ne zna šta je ćejf.

-Ćejf ti je, bolan ne bio, kad uživaš u svakom dahu, zalogaju, srku, jal riječi koju izgovoriš i misli koju misliš, pjesmi koju slušaš, jal sa samim sobom, jal sa jaranima, jal sa hanumom, al ne ko vi omladina, nažderete se, naločete, pa meljete bez`veze, pa se i posvadite, a na sabahu vam puče glava.
Prije su ti naši stari znali sjest pored kakve vode, il ispod kakvog drveta i sahatima bi oćejfi. Isprazni bi glavu od misli, zagledaj bi se neđe u daljine, il bi sjedi s hanumom, il s jaranom sahatima, uz kahvu i cigaru, a da ne progovore ni riječi. Samo šute i ćejfe u tom trenutku miline i meraka.

-Pa to ti je, Uzeire ko meditacija. To je sad moderno.

-Ne znam ja kako se to sad zove, al to su naši radili od pamtivjeka, a sad i ne znaju šta je to neg lupaju baš ko ti.

-Znam, ba Uzeire, neg nemam ti ja vremena za to, ne znam gdje udaram od posla, veli ti on meni i ode, bezbeli, u kladionicu ko i svi ovi što nejmaju kad.

AFERIMI I AJKUNE

-Znaš koga sam srela Uzeire, veli mi Fata ha se vratila iz mahale?

-Jok ja.

-Onu Šefikinu mlađu, Ajkunu, što je vazda dolazila sa njom u nas kad bi pojdi na pijacu. Ispričale se, haman zaman, i znaš šta mi veli: Svaka vam čast za sve što ste uradili ti i tvoj Uzeir ste veliki umjetnici. Ja vas pratim, samo tako nastavite.

-Jel ti baš tako rekla?

-Jest, ne pomakla se smjesta.

-Pa što drugima ne rekne neg nas krije ko štedne knjižice, beli još nije dobila išaret odozgo?
Odkako je sišla u šeher, il je šeher došo njojzi, ne umijem ti rijet, nit se javlja nit dolazi, a prije bi stalno s materom svrati, donosile nam mlijeko i sir pa bi odatle na pijacu. Nejse.
Da vidiš sad te Ajkune! Nejma đi je nejma i s kim se nije uvezala, od političara preko akademika pa sve do onog je`nog iz reda umjetnika, onih što ih nit ko čita nit sluša, nit gleda, al ih je plaho fajn pofalit, biva kad takve pofališ onda se razumiješ u umjetnost i govna pasja. Sviju ti ona zna koga treba znat u ovom gradu osim mene, a čim te ona ne zna, biva pravi se da te nikad nije u putu srela, taman da si joj rod rođeni.. ko da te i nejma. Ne bi ti ona turila meni aferim ispod priče taman da joj kožu gule, a nejma đi ih ne tura i šta ne dijeli.

-Ne umijem ti rijet Uzeire, vazda je bila svoja, a da je vidiš sad, prava dama.

-Dobro je onaj moj nalet reko, prije nisi smio dame pitat za godine, a sad ih ne smiješ upitat iz kojeg su sela.

Nešto kontam: Ovi što što su zaimali pa se nadigli i sad paze

na ukus, a ukusa nejmaju pa ga od drugih pozajmljuju nek malo pripaze sa aferimima kad im se svidi neka moja priča, more bit

ne znaju da ih komisija još nije odobrila pa mogu, nedo Bog, ispast papci i seljaci, a ne insani koji misle svojom glavom. Reko, da vam i to reknem, more bit nekom valjadne.

BAKŠIŠ BEG

Slabo ti ja đi hodam, sijdem jenom mjesečno da uplatim svjetlo i ostale račune i svratim jal u Ismeta u Kazandžiluk, jal u Abdulaha u njegovu ručnu fabriku, biva Manufakturu. Abdulah nejma kad,vazdan mu ulaze, izlaze i kupuju, veli, najviše džezve i po dva findžana, a niko više ne uzima onaj findžan viška ako ko naiđe.

-Jah,šta ćeš, moj Uzeire, taki vakat došo, ako ko naniđe jb ga, da izvineš
Ispod Avdine Manufakture ima jena starinska kahva, baš ko birvaktile i tu moreš popit Bosančicu, biva,pravu bosansku kahvu. Donesu ti i findžan viška, ako ko naiđe, a vazda neko naiđe. Nisam ni srkno onu kahvu kad nakav čo`jek izbi predame, pruža mi ruku, izdrijeljio oči name, ko veli: Zar me ne prepoznaješ.

-Jok ja, od`kle ću te znat, velim mu, a nije me čojek ništa ni pito neg nako, išaretom, očima.
-Redžo, Uzeire od Asima efendije najstariji.

Kako mi on to reče tako se i meni razbistri ono njegovo lice i ugledah ga ko prije četerst i kusur godina kakog sam ga i upamtio.
Ispitašmo se za zdravlje i familiju, ko je đe, kad i kako preselio, a ko je osto, a onda mi on odpoče svoju besjedu:

-Ja sam ti, moj Uzeire otišo u Švicu da napravim kuću i da se vratim. Ovi što su za rata otišli, otišli su da se ne vrate, a vratiće se, ko što sam se i ja vratio da ovde umrem. Radio sam u najboljem hotelu u Cirihu kod FIFE. Blater mi je bio stalna mušterija, a šta sam poznatog svijeta usluživo mogo bi ti nabrajat do Aliđuna. Sa mnom radili Portugalci, Španci, Njemci, Švicarci, naši Jugosloveni i jedan Suljo iz Kotorskog kod Doboja. Tu ti je dolazio da jede i jedan naš Bošnjo. Mi ga zvali Bakšiš Beg, jer je ostavljo najveći bakšiš, a volio da ga zovemo Begom. Pričo nam da se obogatio u Švici prodajući nakit od kuće do kuće. Poslije mi čuli da je u ratu, u Partizanima bio logističar pa kad su našli bunker sa zlatom od NDH, on ti je natovario pun avion zlata i za Švicu. Kažu da je taj avion mogo letit samo trijest metara iznad zemlje kolko je bio težak. Ne znam jel ovo istina, svašta narod izmišlja, al znam da se nije mogo obogatit prodavajuć u Švici od kuće do kuće. Nejse. Jednom mi konobari otišli na večeru, firma nam plaća i malo se i popilo. Veli meni Pedro, Portugalac:

-Onaj vaš Beg prava ljudina, uvijek ostavi po pedeset franaka bakšiša!

-Kolko, reko!?

-Veli, znaš i sam, svima ostavlja po pedeset. Ostali klimaju glavom, ko biva i njima tolko ostavi.

Suljo iz Kotorskog i ja se samo pogledašmo.

-Neš mi vjerovat Uzeire, meni i Sulji je ostavljo po deset. Dok sam živ života neće mi bit jasno što je to radio.

-A moj Redžo znaš što, jedino je vama dvojici mogo bit Beg, a ovim ostalima nije mogo nikako.

PITA

Kad sam čuo ovu priču o našoj piti sav sam se naježio :
-Uzeire, znadeš li ti kad smo mi došli u Kanadu da ovdje niko nije znao šta je pita, veli mi Hasa.
-Ne znam od`klen ću znat!
-Naš Keno tek pošo u školu.Jednom dođe, kaže, mama napravi pitu, sutra svako mora donijeti nešto iz svoje zemlje.
U ranu zoru ustanem da napravim pitu i vrelu odnesem u školu. Trudim se ja da jufka bude što tanja, da je savijem da sva bude jednaka, da se što je moguće bolje ispeče. Izvadim je iz rerne a ona ko na suncu pečena. Ne može biti bolja. Premažem je puterom, izrežem na jednake komade, mjerim centimetrom. Jednu tepsiju na jedan kuk, drugu na drugi i sva sretna u školu. Pokrila je folijom, a foliju izbušila da se ne potpari, da je lijepa, hrskava.
Miriše pita, sva se škola uzmirisala. Predam je učiteljici. Poredaše se stolovi, donese se hrana, nejma šta nejma... sve osim moje pite. Obiđem oko stolova, jednom, drugi put... pite nema. Dijete pita, mama gdje je naša pita, a ja ne znam šta da mu kažem. već mi oči pune suza. Mislim se, sigurno im se nije svidjala ili nešto nije u redu pa su je bacili. Šta ja znam njihove običaje? Tuđa zemlja.
Pokupim dijete pa kući. Grlo mi se steglo, ne mogu da govorim. Danima samo mislim o piti. Stid me da čo`jeku kažem, a kamoli nekom drugom.
Dođe Keno jednom iz škole i nosi moje tevsije, kaže, mama sve su ti pojeli učitelji i nastavnici, nisu je ni iznosili kolko im je bila dobra.
Sutra ujutro napravim ja ponovo pitu pa u školu, pravo u zbornicu. Stavim na sto pitu i preko vrata. Trči uciteljica za mnom thank you" , a mene smijeh spopao, opet mi oči pune suza od dragosti.
Sad u Kanadi možeš kupiti pitu na svakom ćosku, ali i ako je prave naši ljudi nije ni nalik na našu Baščarsijsku ili onu ispod sača.

DESET ŽENA

Nana Subhija je često znala rijet da je naš dedo Atif imo deset žena. U mene mati joj je u svemu davala za pravo osim kad bi ovo reci.

-Ih, deset, odakle mu deset žena, bona ne bila mati, kako hi ja ne znam, pamtim samo dvije. To si ti čula u onoj pjesmi. Jok on.

-Jašta neg deset, ko kad je bio naočit, imo one nausnice pa kad bi još nakrivi fes, nemereš gledat u njeg od ljepote, a iz fine, stare sarajevske familije Arnautović.

Prvo dovede onu Nafiju, od Šoša, sve su mu bile iz bogatih famelija, a ona mu donese sejsenu, biva miraz na sedam ata. Plaho je sevap kad mladoj dogone sejsenu, biva cejzluk. Prije se govorilo, ako nejmaš ništa dat makar udjeni konac u iglu pa je zabodi na samar kad miraz gone. Sevap je.

Uredila Nafa kuću sva sija. Na minder stavila kalufne jastuke od čohe i prekrila ih sve srmom izvezenim peškirima i jajgijama. Prostrla sve nove, rukom tkane ćilime.

Birvaktile su žene plaho znale s ljudima, nikad hi nisu zvale po imenu neg bi him reci: Đela mašala, moj beže, bojrum paša moj...I sve tako. Nafa je vašeg dedu Atifa zvala Atila.

Kad bi on dojdi s posla, đi god bi stani jal pojdi da sjedne, ona na njeg:

-Ne na to, Atila pogužvaćeš, isprljaćeš. to je meni babo dao u miraz.

Njemu ti dodije i on joj je`nom sve ono što je donijela skine i razbaca, veli da imam đi sjest rahat.

Kad bi pojdi radit, pita ga Nafa šta će ručku i on joj rekne. Dojde s posla, ona spravila nešto drugo. I tako povazdan dok se on ne dosjeti pa joj rekne šta će spremit, bezbeli nešto što ne voli, a ona ti uzinad spremi nešto drugo i ne znajući da on to plaho begeniše.

I tako projdoše i dvije i tri godina u natezanju, a kad snekim živiš nemereš se sa njim natezat i ić mu uz dlaku neg mu moraš ugađat pa da mu se omiliš.

On ti Nafu fino vrati babi, a ona ponese sve što je donijela sa sobom. Osta kuća prazna, ali se imalo di sjest, a bome i pojest što je srcu drago, znao je često rijet vaš dedo Atif.

Domalo dovede Sajmu Mulalićku, rekoh li vam ja, sve iz finih sarajevskih familija.

-Haj eto dvije i ti treća, al nemoj bona ne bila mati govorit da ih je imo deset kad nije.

-Jašta je, ako nije i više. Samo dok sam ja bila za njim doveo je tri na me, i to s ćešme kad bi se vraćaj iz akšamluka sabahile. Sve mlado bilo, poletilo u finu kuću. Ha on ode spavat ja se izgalamim na njih i otjeram hi kući. Haj ti reko dijete svojoj mami, a ja neću nikom govorit da si pošla za ženjenim čo`jkom. Ako ko uspita rijet ću da si mi vode donijela.

-E sad si ga vala zeleno uzbrala, de ne pregoni bonićko djeca te slušaju, veli joj moja mati, biva neda na svog babu.

-Jašta je neg imo deset žena , više neg u onoj pjesmi.

I tako bi se ona nastavila pričat sve do desete žene da nas mati ne rastjera samo da nana prestane o tome više pričat.

PEHLIVANI

Nešto mi se ova priča učini plaho poznata , reko da vam je prenesem:

Izbili onomad pehlivani, razapeli užeta i počeli pehlivaniti. Kad, čaršija se digla i uzbunila.

To je protiv i mimo šeriata, gonite hin! - zavikali sa svih strana. I otjerali pehlivane. Iza toga nije prošla ni puna hevta, kad došli naki Visočani u Sarajevo. Pitaju ih Sarajlije šta ima u Visokom, a oni vele da su stigli plahi pehlivani.

Dan-dva iza toga toliko se Sarajlija diglo i krenulo u Visoko da gledaju pehlivane, zapisao je Mula Mustafa Bašeskija u Sarajevu 1789. godine.

227 godina kasnije napravim promociju Hadžibegove druge knjige u Sarajevu i narod se uzbunio, a ja kontam hoću li u maloj il velikoj sali, neće bit mjesta za sviju.

Nije mi došlo ni tri`est ljudi, od toga desetero što familije, što jarana. Iza toga nije prošla ni puna hevta, spremim se i za Visoko.

Puna ona velika sala Opštine, od toga najviše sarajlila.

Haj ti sad budi pametan.

BAKRENO SUĐE

Svako malo eto ti nekog da upita:
-Što to Uzeire ne pišeš, šta je rijet?
  -Rašta ću pisat, prođite me se, velim, kad je ovaj narod nakav
baš ko i ovo vrijeme, heftu vrelina ko ispod sača, a drugu heftu lije
ko iz kabla, eno mi onaj hadžibeg viškuće vas svehno.
Narod se unervozio i nahorozio, samo što ne počmu skakat jeno na
drugo. Najbolje šutit i gledat svoja posla kad svak govori i misli pa
makar i tuđom glavom. Birvaktile se znalo ko govori i čija se pika i
svak bi misli ko jedan, a jedan bi sastavljaj šta će svi mislit.
U današnji vakat svak ima mišljenje, tamam i da nije njegovo, i
nije ga ni stid pričat, samo nek je kontra pa kako god.
  Bome se i ostarilo, a star insan kad metne kahvu zaboravi namah
jel uključio jal isključio ringlu pa zaspe kahvu hladnom vodom, a
sjeti se svega kad je bio vlihni, biva maksum.
Mi stanovali u Samardžijama pri Begovoj kahvi, a igrali se
povazdan na češmi iza Begove kafane.
Najdraže nam je bilo kad bi se posvađaj Hilmo i Nizama, kuća viš
naše, pa bi otvori sve pendžere, uz vrisku i galamu pobacaj bi svo
bakreno suđe, a nama bilo plaho zabremedet kad bi oni sahani i
demirlije zazvonili po kamenoj avliji.
Nana Subhija bi samo kolutala očima i odpuhivala Allahselamete.
Poslije bi se smirili i po taj vakat bi skupljaj ono suđe odvajajuć šta
je za kazandžiluka, za popravke, a šta za kuće. Sve šapatom bi
gugutali jeno drugom, nisi hi mogo ni čut šta govore.
Nana Subhija je imala na sve odgovor, a za ove svađe samo bi reci:
  -Djeco draga, nedo vam dragi Allah da bi šta uzeli što su oni
pobacali, svakako će se pomirit, a vi ispadoste lopovi.

Kad bi se mi zagledaj u nju da nam rekne što ovo oni rade, ona bi nam reci:

-Nemojte u životu nikad puno mrzit, a ni volit previše, jer poslije će vas bit stid kad zavolite onog što ste mrzili, a zamrzite onog što ste plaho volili.

Da sam tad umio, beli bi je upito: More li to tako u nas, a ona bi odgovorila, bezbeli da nemere, al probajte, morebit u vas mogne.

Ha ustanem da pojdem, zaboravim po šta sam pošo, a još mi u ušima odjekuje klepetanje i zveket bakrenog suđa iz Hilmine i Nizamine avlije.

JAL LOVAC JAL TAKSISTA

Veli meni Fata sabahile pri kahvi u nas na čardačiću:
-Koli je onaj što je došo u šeher pa se ovaj narod "v'liko
pomamio za njim?
-Kaže mi kona Šuhra, ma znaš onaj lovac na jelene.
-Reko ne znam, znam rahmetli Hasana lovca, a on je lovio samo
zečeve.
-Ne umijem ti rijet ko je, Hazim veli da je taksista.
-More bit ga Mute zna. Što ga nisi priupito?
-Nije mi naumpalo, a pravo da ti velim nije me ni briga za njim
ko je god, neće nam donijet pemzije.
-Zar more taksista bit tolko zabremedet, taman da je i lovac,
beli vozi narod bresplatno dok pristaju za njim?
Haj ga znadni, ko kad ovaj naš narod za svakim pristaje. Duša mu
kake bresposlice i za pehlivanima letat.

HAFIZ

Kad god nas spopadnu dunjalučke morije i n`akav nevidljivi teret se natovari i o`zgor i oz`dol, a najviše ga bide u nama samim, što no kažu, nakupi se svašta, pa neda dihat, neda mislit kako Bog zapovjeda neg kako mu anamo on išareti.

-Vala sam ti n`akav.

-Jel `nako n`akav il je od vremena?

-I nako i od vremena, n`akav nikakav. Ne umijem ti rijet. Dojde to insanu, jer insan ima dvostruku dušu, što bi rekla Eminovca, je`nu za živjet`, a drugu za dumat` o životu, dok hajvan ima prostu dušu, ha se najede i razmnoži ode plandovat i ne misli ni o čem više dok mu opet ne naumpadne jesti.. Rahat od pameti. Insan mora najprije sebe namirit` pa onda druge, ženu, djecu i sve po redu...bezbeli i nanu i dedu.

Haj sve bi to on lahko i nekako da ne mora poslije o tom mislit: Eto sve sam namirio i svi su zadovoljni pa bi sad i ja mogo uživat, al jok, neda šejtan mira, treba opet sutra sve namirit, pa prekosutra, čitavu heftu, čitav mjesec, godinu i sve tako dok je insan živ života svog. Radit, mislit i još se o svemu brinut i sikirat.

Kad si `vako n`akav nekad je dovoljna lijepa riječ da ti razbistri, al je kod Eminovce ne bi.

More bit će bit od kog se najmanje nadaš, ko i vazda.Vraćam se gori neg što sam otišo i polajnak sve nogu za nogom, kad me neko viknu:

-Uzeiraga, stander dina ti, da ti nešto ispričam.

Ko će ti bit, ona Čamka što no radi sa djecom u obdaništu.

-Čude li ti Uzeire da nam ode hafiz?

-Čude, al ne mogu vjerovat da je istina.

-Jašta je neg istina, do malo će sve otić što valja iz ovog našeg šehera.

-Svak ide đi misli da će mu bit bolje, moja ti, a hafiz će bit isti i tamo ko što je i ovde bio samo ovde više neće bit isto ko sa hafazom što je bilo.
-Šta si mi ono hotjela ispričat pa te ja smetoh?

-Aah ja...Jenom hafiz dolazio u nas u obdanište, bio rođendan Muhamedu a.s.. Mi smo ti danima pripremali djecu i učili ih o Poslaniku.
Dojde hafiz i prvo što je upito:
-Djeco, znate li vi kome je danas rođendan?
Djeca će u glas:
-Znamo!
-Kome je rođendan djeco?
-Ajli i Tariku!
Kad nismo u zemlju propali.
-Ko djeca, moja ti, a šta hafiz na to?
-Od srca se nasmijo, ko kad je on imo razumjevanja za sviju pa i za djecu.
-Jest valahi, imo je to nešto kad je insan n`akav baš ko ja danas . Nisam ga ni čuo ni vidio, a evo mi razvedri ovaj dan.

KO SE FALI TAJ SE KVARI

U današnji vakat ne valja nikog falit jer ćeš ga, more bit sutra morat kudit pa će te bit stid, ako si obrazli. Najsigurnije ti je nekom mahane iznalazit i neš mašit, tamam da je taj prav zdrav, a nemere bit, jer nas nejma brez mahana, bezbeli.
Veli mi Mute:
-Ušta si ostario Uzeire? Ti ko da si protjeran iz Švedske pa nemereš da skontaš kako u nas hoda. Da se ne bi opet posefio, da ti reknem ko se u nas trenutno ne smije falit:
Nemoj ni za živu glavu da bi pofalio kakog političara, Mešu ili Božu.
-Nisam ti mislio ni falit političare, gluho i daleko bilo.
Neki dan neko pofali jenog viđenijeg načelnika, veli, nije loš, barem se meni tako čini. Ja kad narod na njega: Čuj nije loš, te vaki je te naki je.. Vodi ga kući kad ti je dobar, veli jedan. Allahselamet. Ne smije se više insan ni našalit pa nekog pofalit. Najsigurnije ti je nekog kudit. Jedino tad neš mašit. Jesi li nekog pofalio svi mu počmu pronalazit mahane, a nekad se i on sam pokaže naki kaki jest pa ti drugi put dobro razmisli koga ćeš falit.
-Vala ću Mešu ovaj put pofalit, ne faleć mu Želje, makar ga slijedeći put moro ružit.
-A što tog Božu? Ko ti je on arsuze li jedan dabili arsuze.
-To ti je onaj pjevač il pjevačica što su ga svi falili pa nekom iskvario i sad svi na njeg ko jedan, a i ne znaju što.
-Ah taj ! Fino pjeva ne faleći joj brade.
Umal ga ne pofalih.

KAD BUDALA PROGOVORI

Veli meni Fata sabahile pri kahvi:
-Moj Uzeire hoćemo li mi umjet sve ove naše pozaokruživat kad bidne ovo glasanje?
-Dabogda, ima samo tvoje familije bukadar na onim listama, a đi je još moja familija pa komšiluk.
-More nam ko zahatorit, ako koga mašimo?
-Neće ni znat bonićko, rijet ćemo da smo za njih glasali taman i da nismo. Kaka nam je korist izakog glasat, taman da ti je najrođeniji kad dojde na vlast zaboravi te, ko da te Bog nije dao.
-Moj Uzeire šta je ovom narodu pa vako pomahnito, eno se familije svađaju ko je u kojoj stranki i svak svakom mahane traži taman da mu je brat rođeni.
-Neumijem ti kazat, asli ovaj naš narod sve naopako skonta. Šta li? Prvo ga isprepadaju sa ratom pa onda bekan dojde i sam turi glavu na panj.
Bezbeli svak glasa za svoje. Svak skonto da se lahko more uhljebit, pa ti svak bacio motiku i hop u politiku. Što ono jenom onaj pisac reče, došlo je vrijeme kad budala progovori, a pametan zašuti. A kad budala ne umije rijet što je hotio on se maši šaka i udri i rukama i nogama. Tako je onaj moj ahbab iz Visokog fasovo dobrog degeneka od nakog katila što nije umio govorit.
-Čuj prebili Ismara? A moj Uzeire, grehota him je, naki momak.
-Bezbeli da je grehota i sramota. Ne znam da je iko volio Visoko ko on, a vidi šta ga snađe. I neda rijet ni ko je ni što je, a znade. Veli, sramota me za Visoko.
Moj Ismare, reko li ja jenom, nemereš se ti za druge stitid, nek se svako stidi za sebe, bezbeli.

NAJLAKŠE ZA ZIJANIT

Da mi nije onog mog naleta, Muteta ne bi ni znao šta ovaj naš narod sve devera. Allahselamet.

Veli mi neki dan:

-Moj Uzeire, prije je život bio zafrkancija. I onda si moro zapet da bi šta zaradio, al je bilo i šege pa sve lakše bilo.

-Ima u tebe i sad šege, moj Mujo, ko ti brani.

-Ne brani mi niko, moj Uzeire, al raji ništa više nije smiješno ni zabremedet. Probam ih nasmijat, bacim im koju foru od birvaktile, a on blehne ume ko da čeka da nastavim. Prošo bi se vala i šege kad niko ne konta. Prije je bilo drugačije.

Znao sam sa jednom forom zabavljat i mušterije i sebe po čitav dan. Kad padne kiše, kažem mušteriji da mi je šupalj pod i gdje god naletim na lokvu dignem noge a mušterija za mnom diže dok ne skonta i onda se odvalimo od šege. Ne pamtim da mi je iko ikad zahatorio il se naljutio. Ljudi se nasmiju i odoše za svojim poslom.

- Jest vallahi, prije se znalo i za smijeh i za šalu. U današnji vakat samo bulje u one telefone i smiju su drugima, kako je ko pao, slomio nogu, kičmu...crkoše od šege.

-I ovaj život stego, moj Uzeire, što no ti kažeš, narod zino za Dunjalikom pa niko nikog ne gleda.

Neki dan mi uđe žena kod bolnice i sjede. Reko, ne taksiram. Veli ona, haj Bog ti dao neću daleko, a nemam snage da hodam. Haj reko odvúću je, usput mi je, al odo prvo na pumpu.

Veli mi ona, kućeš tamo, nemam ti ja para da se vozikam okolo. Reko nema veze, kuća časti.

Kad ona na mene, moj Uzeire:

Šta ćeš me čašćavat, nisam ti ja za sadake, ja sam samo bolesna žena, idem na zračenje, Bog zna nije mi puno ostalo, osim ovo malo ponosa i dostojanstva, a ti hoćeš i to da mi uzmeš. Sram te bilo. Imam samo dvije i po marke, liječenje je skupo, a ne mogu da hodam poslije zračenja.

Nema veze, gospođo, daćete kolko imate, samo da svratim na pumpu.. Počnem se vadit. A ona ne prestaje. Daj ti meni tvoj broj telefona i adresu. Čim budem imala pare ja ću tebi platiti. Neću da mi niko uzima dostojanstvo za pet maraka. Samo mi je to još ostalo. Odbacim ja nju i nisam mogo danima o njoj prestat kontat. Sve dok me nije nazvala. Veli, nabavila sam pare, moram ti ih dat.

-I uzeli, moj Mujo.

-Jašta radi, moj Uzeire, moro sam. Al sam je uspio premuntat da je svaki put vozim na zračenje i kući. Jedva je pristala.

-Nek si moj Mujo, sevap ti je, a i ta hanuma je sačuvala ono što je najlakše na ovom vaktu zijanit.

KAD JA DOĐEM NA VLAST

Nisam vala ni mislio glasat kad dojde sabahile onaj moj nalet Mute sa Vesnom skockali se ko da je Bajram i veli:

-Hajmo Uzeire na glasanje tuhno sam glasove za dobre pare pa da vam pokažem koga ćete zaokružit.

-Hajmo vala nek i ovo projde i nek se više dočepaju te vlasti da ne prepadaju narod sa ratovima i džehenemskim vatrama. Sa`će se oni o sebi zabavit, biva svoje gu`ice da namire, a narod pustit kraju do slijedećih izbora.

Birvaktile su ljudi govorili:

-Da mi je samo pet minuta vlast...

Sad govore:

-Kad ja dođem na vlast...

Imal šta na ovom Dunjaluku slađe od te vlasti kad je svak zino za njom.

Ko pobjedi ne treba him slike skidat sa bandera da hi mogu lakše pohapsit poslije uspješnih mandata.

Ako ćemo pravo, nisu ovi izbori samo da se bira neg da svak pokaže u koju rupu prdi i koga gura. Prije neg krenete na biračka mjesta obavezno se okupat, jer ne valja džunup glasat more se dobro ograjisat i nedo Bog hasta postat.

Dumam tako kad me prekide onaj moj nalet:

-Zdrav insan ima hiljadu želja, jelde Uzeire.

-Reko, more bit i više, moj Mujo.

-A bolestan samo jednu?

-Bezbeli, reko, samo da ozdravi.

-Jok ba Uzeire, neg da pobjedi na izborima.

KRUG

Dojde mi moj Kemica čak sa Dolac Malte u svom Golfu dvojki da me obiđe i priupita kako nam je bilo na putu. Bezbeli sa njim i ono njegovo pašče. Stišče mi ruku, muški, kako samo dobar jaran zna, a osmjeh mu od uha do uha.

-Šta je reć, moj Kemale, nemereš u Sarajvu srest insana da ti se nasmije i obraduje nako.

-Ništa, moj Uzeire, nek si se ti nama vratio odma i ovaj grad ljepši i veseliji s tobom i Fatma hanumom.

-Smije li se naš svijet tamo u Holandiji?

-Jašta radi, moj Kemo, vedriji su neg mi ovde, al him se jopet vidi na čehri da i njih naka morija mori, al drugačija neg ova naša. Jesi vidio, moj Kemale što onaj katil uništi onu mladost.

-Jesam Uzeire, šta te to čudi.Znaš da je toga u nas vazda bilo. Još dok si ti vozio da ste se takmičili ko će brže do Konjica doć.

-Jes vala, pamtim kad je jedan hajvan pokosio dvije cure iz naše mahale sa fićom kod Socijalnog sedamdeset i neke.. Svako malo u Sarajvu kose pješake. Eno onaj rahmetli Osman, mlad je pogino, i dan danil mu stoji onaj biljeg na Ivanu đi je krivinu sjeko na punoj liniji. E on ti je mene vazdan proganjo i zafrkavo što sam polahko vozio. Veli mi, Uzeire, ja ću prije do Mostara neg ti do Pazarića. Haj što taki nastradaju neg što nedužne za sobom povuku.

-Nije to do nas Uzeire neg do vlasti i saobraćajne kulture.

-Kako si ti moj Kemo pored svih belaja tako nasmijan, da nisi jopet one vesele tablete počeo trošit.

-Jok ja, Uzeire, imam dobrog psihologa pa me on nasavjetuje.

-Svaka mu se pozlatila, šta ti to govori pa si tako horan na ovom kijamet vaktu?

-Vako on meni kaže, Uzeire:

-Jesili se ti Kemale borio za ovu državu? Jesi. Jesi li izvršio svoju dužnost? Jesi. Nisi ti Kemale više ni borac ni demobilisani borac nego si ti radnik, čovjek, muž, otac, brat, sin... Ako se budeš i dalje nervirao što neko hoće da izazove rat da bi pobjedio na izborima ulaziš u taj začarani krug crnih misli koje se razmnožavaju kao pacovi i jedu zdrave misli. Nerviraćes se opet što su pobjedile nacionalističke stranke koje ti govore da nikad ne smijemo zaboraviti stradanja u ratu. I ti to sve pamtiš i nerviraš se što je u Srebrenici Ćamil izgubio izbore. Nerviraš se na svaku Dodikovu izjavu koji ti mediji serviraju, a kad se nerviraš ti radiš na svoju štetu a u njihovu korist. Zato izađi iz tog začaranog kruga crnih misli i zaboravi što god možeš ružno zaboravit, a sjeti se samo lijepih stvari. Nek Ćamil i Bakir spašavaju Srebrenicu to im je posao za koji su dobro plaćeni. Ti imaš svoj posao i radiš ga dobro, da ne radiš davno bi dobio otkaz. Ti više nisi ni borac ni demobilisani borac. Ti si Kemale radnik, čovjek, muž, otac i sin...Nek istoričari pišu i pamte šta je u nas bilo, a ti Kemale probaj zaboravit. Ionako imaš previše toga u glavi što ti neda živjeti ko normalan čovjek. Jedino što možeš uraditi je glasati na slijedećim izborima za nekog za kog misliš da može donijeti promjene i raditi svoj posao kako treba kao što si ga i dosad radio. I tako , moj Uzeire on to meni govori a meni osmjeh od uha do uha. Ko da mi je neko mrenu skino s očiju pa mi se Dunjaluk ukazo.

-Moj Kemale što ti je dobar taj spiholog, vazi ko kakav hafiz. Da je njega nekako slušat umjesto ovih dnevnika i vijesti narod bi bio i pametniji i sretniji neg što je sad, bezbeli.

REFIJINA SARMA

Svako malo eto ti nekog da priupita, što ti to Hadžibeže ne pišeš ko prije?

-Ne umijem vam rijet, more bit što svak piše, reko, da ja malo ohanem i pustim ove mlađe pridase.

U današnji vakat ti više ne važi ona Bašeskijina: Što se zapiše to ostaje...Meščini da se u današnji vakat prije zaboravi ono što je zapisano neg ono što je rečeno. Odkako je ovaj Fejzbuk došo na Vratnik svak piše, a da ga sad priupitaš šta je juče piso ne bi ti znao rijet. Neg bolje polajnak, poistilahu i pođahkad štošta napisat, neg svaki dan pisat i sam sebe brisat.

Nejse.

Danas ti ja sretoh onog Sejfu na sokaku i on mi veli:

-Jesil ti ono Uzeire ikad u mene ulazio?

Stadoh i dobro se zamislih:

-Bezbeli da jesam i još se dobro najo sarme što je u tebe Refija savijala. Plaha joj bila.

-Asli si ti u nekog drugog bio ili si plaho gladan bio kad ti se Refijina sarma dopala, Odkako je za mnon nije znala sarme smotat. Vazda je nabije rižom i bidne joj golema more konj na njojzi nogu slomit. Prava ona seljačka.

Što insanu vako bidne neugodno, ne zna jel slago jal istinu reko.

Nejse, nek je insan zdrav i nek ne mora hodat po doktorima, pa kaka god sarma bidne, poješće se, velim ja njemu, ne znam šta bi mu drugo.

Veli on, evo ja baš kod doktora kreno.

Haj nek bidne hairli, rekoh i izvuko se ko mastan kaiš, a sve do kuće dumam: Ja teška insana mili Allahu, nit ti više znaš jesi li slago il te je on prava zdrava ufatio u laži. Allahselamet.

PONEDELJAK

Lahko je pomaknut sahat sa je`nog mjesta na drugo. Lahko je vratit i kazaljke sata, al haj ti u starom insanu nešto promjeni i pomakni ga s mjesta. Nemereš bezbeli.

Evo nas u nas na ćardaćiću, mrkli mrak, niđi živog roba nejma, a mi još kahvendišemo i uzdišemo.

Ni tice se ne čuju!

Nek vala ne čuje da insan malo mozak odmori i od njih. Odkako se navadiše u nas pod strehu nemereš ostat od njihove cike i đivđanja, a usraše...nemereš naprat za njima, veli Fata.

-Prvo si hi navadila mrveći him hljeb, a sad ti smetaju.

-Vala smetaju, da mogu sad bi him rekla: hajte selite, kifelite mi ispod strehe.

-Znam da ne bi, al eto, insan je nekad težak sam sebi pa mu svak smeta, i golub u ruci i vrapci ispod strehe, a kamo li na grani.

-Jah!

Ne progovorismo više ni je`ne. U tom ti se i Saraj`vo ukaza i svak ode za svojim poslom.

Ako se dan po jutru poznaje, najbolje mi je danas zabit nos u svoje ćitabe i gledat svoja posla.

Proć`e i ovaj ponedeljak ko što je svaki dosad proš`o, bezbeli.

DŽEZVANJE

Sretoh sabahile Hazima na sokaku. Ko kad ovaj star insan nemere spavat pa nas u svaka doba moreš srest đi se najmanje nadaš. Najmanje nas je, men`se`čini, u krevetima. More bit je to zato što se svaki đuturum boji kreveta ko šejtana, nalet ga bilo, da ne prione za njeg i onda ih samo smrt može rastavit. Nedo Bog nikom što će haman svak dočekat.

-Uranio, reko, Hazimaga, doklen će nam više vodu zavrtat ko da je ratno stanje.

-Dobro, kako si ti Hadžibeže, bezbeli da je ratno stanje. meni nije nikad ni prestajalo bit. Ja ti se i dan danile džezvam, moj Uzeire.

-Šta radiš, moj Hazime.

-To što si čuo. Od rata ne otvaram vodu kad se perem i uzimam abdest neg nalijem vode u onaj vešni lonac, ljeti ga ugrijem na suncu, bidne plaho fajn mlaka voda, a zimi grijem na šporetu.

-I sam sebi polijevaš?

-Bezbeli da polijevam. Iz male džezve kad se hoću nasafunjat, a iz one veće kad se sapiram. Asli si ti zaboravio kako se džezva i kako smo se kupali u ratu?

-Jok ja, moj Hazime, neg kontam da je presto rat pa reko šta se imam džezvat kod vake komocije.

Ode Hazim, a ja osta dumat za njim taj vakat. Da Bogda više ikad u njeg popijem kahvu!

UOČI PETKA

E, moj Mujo,

Nekad je bolje kad se nešto napiše da to niko i ne pročita. Manja je šteta, kako za onog što je napis`o tako i za onog što nije pročit`o. Piscu bidne k`o lakše, a čitaocu isto.

Kad bi insan, nedo Bog, mog`o birat da se rodi u nekom drugom vaktu, vala Mula Mustafa onaj tvoj vakat ne bi nikad izabr`o, k`o što ni ti ne bi ovaj moj. Što bi latini rekli: Ljubav prema svojoj sudbini ma kakva ona bila. Biva, insan najvoli sebe i svoj život pa ondar sve ostalo. Kako voli sebe i svoju sudbinu tako voli i svoju zemlju ma kakva ona bila. E tu je belaj, moj Mujo.

More bit bi i ti proživio bolji život, izučio veće nauke neg što jesi da si onomad otiš`o za Carigrad. Ali nisi, ko što nisam ni ja kad sam mog`o. Neda nam ova ljubav što su je latini izmislili da bi nam zagorčali i još više otežali..

Reko, ne bi se mijenjo za tvoj vakat ko što ne bi ni ti za moj. More bit bi samo malo provirio uoči petka kad se vi iskupite u hadži Sinanovoj tekiji oko šejh Mehmeda pa se svakojaka priča zametne, pa i halva zamiriše dok šejh odgovara i na najzagonetnija pitanja zbog kojih se gubi din i iman, a Bome i glava. Al jok, kod takvih ahbaba ko što si ti imo niko neće otić do sarajevskog kadije, ili ne daj Bože u Travnik da ispriča Veziru o čem ste vi svih tih uoči petka mrsili i razmrsivali.

U današnji vakat, moj Mustafa nemere ništa ostat što je izrečeno ili
urađeno a da se ne sazna. Haj što se sazna, al što se izvrne i
preokrene na štetu onog koji je reko ili uradio. I začas ode glava.
Ma jok, nije ko u vas birvaktile kad su vodili, gore u kulu i davili.
Sad dave drugačije, moj Mujo. Stišću taj vakat al ne daju ni umrijet
ni živjet, neg nako, samo stišću pa kad vide da bi mogla duša izić,
malo popuste, pa jopet stisnu.
Haj sad allahimanet Bog ti dao rahmet, a ja moram pohitit polahko
da uplatim svjetlo, jer bi mogo i name mrak past ko na tvoj vakat i
vilajet.

(Pisma Mula Mustafi Bašeskiji)

SNIJEG

U Sarajvu je znao zavaljat snijeg sve do pod pendžere, a znalo ga je i ne bit taj vakat. Ko maksumi, moj brate, samo da nam je igara, a bez snijega u po zime ko bez vode u po ljeta, ubišmo se od dosade.

Ni nana Subhija nas nije mogla smiriti svojim pričama pa bi ti mi otiđi kod dede Atifa, jer dedo Atif i njegova leđa su nam bili najtačnija vremenska prognoza.

-Dedo, dedo.....zebu li ti krsta?

-Jok ona. Nejma vam još snijega.

I tako svaki dan dok dedo jednom ne rekne:

-Djeco, zebu mi leđa, a nosnice mi kad i kad zapahne dašak tek proprćenog snijega.

-Jel plaho dedo, hoćel zapast?

-Jašta radi, dok vi spavate sve će padat vlike pahulje, ko klepe, Ha ustanete morete komotno s pendžera skočit u snijeg.

U mene buraz plaho vjerovo dedi pa jednom otvorio pendžer i skočio, a da nije ni pogledo. Dobro se ubio.

-Neg vi podmazujte lodre i ligure i potkivajte šlićure, eto vam snijega najdalje do utornika, veli dedo ne bi li nas smirio.

-A kad je to dedo?

-Namah iza ponedeljnika.

-Jel uoči petka?

-Jok on. Sjedite ovde i ponavljajte: Ponedeljnik , Utornik, Srijeda...

I tako bi mi taj vakat ponavljaj za njim a sve bi pogledavaj na pendžer neće li koja klepa proletit.

-Haj šta ga prizivaš, ko da ga je neko željan, veli mi Fata. Ako su ti prahnule klepe napraviću. Neki dan smo ih jeli. Kako ti ne dodiju više?

-Nejma ti snijega bonićko, a meni leđa plaho zebu, asli puše odnekle.

De ti nama klepe nastavi. Ne mogu mi dodijat baš ko ni djeci snijeg, bonićko.

MERHAMETLI NAROD

U nas se oduvijek znalo ko je ko i šta je šta, al se i poštovalo tuđe. Kad god odem u Sedam braće pa onda kod Svetog Ante da podjelim sadaku, sjetim se kako smo se, tobe jarrabi, ko djeca snalazili u kokuzna vremena. Kod "Svetog Ante" je bilo lakse, ... lova je stajala ispod kipića Majke Božije koja u naručju drži malog Isusa. U 7 braće smo na dugačkom šćapu lijepili na vrhu dobro prožvakanu žvaku i izvlačili papirne novčanice. I kad uzimaš i kad daješ proučiš fatihu sedmerici braće, bezbeli. Nije nam bilo mrsko ni do Pravoslavne crkve po hediju. Kako mi tako i ostala djeca drugih vjera. Uvijek se u nas cijenilo svoje i poštivalo tuđe, jer smo ti mi takav, nakav pogan, a merhametli narod.

VALJA NEKAD I MEĐ` NAROD IZIĆ`

Jučer mi dojde onaj moj hrsuz Mute i veli, haj Uzeire sa mnom plati svjetlo i pokopno, a mogo bi jaranu i kahvu platit.

-Platio sam, i svjetlo i pokopno za čitavu godinu, haj ti za svojim poslom, ošto mi je to da hodam po ovom kijametu kad ne moram.

-Ne bi jaranu ni kahve platio, a bila pemzija, veli ti on meni.

-Ma ko ne bi, ljutnem se malo i pravo u kuću, ogrnem kaput, navučem kaloše i prid njeg:

-Vozi, reko u Bega da je popijemo!

I mi ti preko kapije, a Fata za nama u priglavkama:

-Stani Uzeire, kućeš taki međ narod, makar veš promjeni, more ti đi pozlit.

Zvoca ona za mnom a ja ni mukajeta, baš ko birvaktile kad bi đi s jaranima pođi u zijan. Nije me moglo ništa zaustavit, ni ženina huja ni maksumi što vuku za nogavice i viču, babo, babo... Ko mladost i hasiluk, moj brate.

Nejse.

Vozamo se mi po Saraj`vu, nikad stić` u Bega na kahvu.

-Asli je Beg bio bliže, moj Mujo, il se meni učinilo.

-Učinilo ti se Uzeire, saćemo mi.

Jel ti hladno da naložim?

Zebu li ti noge?

Puše li od prozora i vrata da poturim kake ponjave?

Kontam, saće on mene ufatit u pilanu, zato me je i poveo, nalet, kad zakoči, hrsuz, umal ne proletih kroz oni prednji pendžer iz kola. Stade na sred džade, otvori svoj pendžer i priča sa nakim. Čujem ga, a ne vidim. Veli ti on njemu:

-Jesil mi vidio za ono?

-Za koje?

-Ma ono, znaš.

-Aha, ono, jesam.

-I?

-Ma nema ništa od tog, haj zdravo.

-Ja vam priče i razgovora, jel se to tako sređuje u ovaj vakat.

-Pusti ba Uzeire, šupak, nisam mahnit da mu sređujem.

Bome mi dojdosmo na kahvu, ali ne u Bega, neg kod Muteta. Zadimilo se, ona omladina galami, naka muzika tutnja. Ljepše je sjest na avtobusku stanicu neg u njega.

-Haj da šmrknemo ovu kahvu pa da idem svojoj kući.

-Saću ja Uzeire, samo da nešto obavim.

-Jel reko, ono da središ onome.

-E he, kradeš mi fazone pa onda dijeliš po Fejzbuku.

Ode nalet i nejma ga, i nejma, taj vakat. Projde mi podne i Ikindija sjedeći i njega čekajući.

Kad god upitam onog konobara, veli sad se javio eto ga za pet minuta i svaki put mi donese jal himber jal kahvu.

-Neću ti ja, reko ovo, slobodno ti to vrati.

Bome, dojde onaj moj hrsuz haman u akšam.

-Mujo, ovde me pljuni ako više ikad stobom đi krenem.

-Haj Uzeire šta ti fali izać malo među narod.

-Fali mi. Hem sam oglušio od ove galame, obnevidio od ovog dima, glava me zabolila i kašalj mi se vratio, a nijedne pametne nisam čuo.

Vraćamo se mi, a ja nešto kontam, fino je Muhamed alejhselam jenom reko da je kućni prag najveća planina, biva teško ga preć, da je Bogdom još veći bio .

A fino je i međ narod izić.

Ako je vako međ narodom, bolje iz kuće ne izlazit. Imaš brate sve na fejzbuku i vidit i pročitat što međ narodom neš nikad, pa ti vidi.

KO DA MORA SVE PO NAMA

-Kak`a je ovo morija udarila na nas Uzeire? Eno nam pukla glavna vodovodna cijev, sve ode niz sokak, još kad noćas smrzne neš vidit čaršije do aliđuna, veli mi Hazim na sabahu.

-Čuj pukla nam cijev, a ja mislio u mene smrzla voda, džabe sam grijalice uključivo i nolku struju baco. Haj sad mi je malo lakše kad je i usviju nejma.

-Prvo ona zaduha i pogana hava, a niđe fabrike, sad jopet sve zaledilo a oni nam zavrću vodu, narodu grijanje ne radi , ko zna šta nas sutra čeka, moj Uzeiraga, ne bi se insan začudio da počnu givikti padat s neba.

-De ne sluti, nalet te ne bilo, nek padaju neđi drugo, ko da mora sve po nama.

SAMO DA INSAN NIJE RAHAT

Nisam ti nikad plaho haj'o za rođendane, pogotovo sad pod stare dane. Ko kad ne znam ni kad sam rođen tačno. Nije se birvaktile hitilo ić maksume prijavljivat ha se rode ko danas. Jedino što znam je da sam rođen u nevakat. A ko je ovdje u nas rođen na vakat da mi ga je vidjet, a da nije kakvog rata i belaja predevero. Nejse.

Hotio sam vam rijet da sam dobio bukadar čestitki, nejma kakvih nejma i od kog, bilesi, od nepoznatog naroda. I haj ti svima odgovori. Nemereš.

Nego ću vam se ja vako đuture zahvaliti što ste one minuse od juče pretvorili u pluseve i ugrijali moje staro srce i podmladili ga, bezbeli.

U nas se kaže da ništa nije teško, ni život, ni poso, ni rat, ni robija neg ljudi otežaju. Kako otežaju tako znaju olakšat i pomoć ti kad se najmanje nadaš. Insan ti je čudo.

Pročitam ja ovo naglas, kad će ti Fata iz banje:

-Kad je tako čudo i pretvara minuse u pluseve nek dojde da nam odledi ove cijevi. Nejmamo kapi vode u kući Uzeire. Jesam ti rekla da ne zavrćeš češme skroz na ovom mrazu. Tolke si godine sprco u gu`icu a pameti nisi došo. Eto sad duraj brez vode.

Samo da insan nije rahat pa eto ti!

PAZITE ŠTA OSTAVLJATE DJECI

Kad je insan pošten, a nije plaho gladan, nekako mu po` života prođe misleć' da je vazda do' nji. Tek pod starost skonta da mu se isplatilo i da nejma Bog zna šta za ostavit , al zato ima za ponijet kad sam pojde tamo odakle je sam i doš' o.
Vako sam ti nešto konto čitavim putem od Ismetove kuće. Ne mogodo mu na dženazu pa reko odo vako sinovima bašasagosum rijet. Pokucah na donji boj i otvori mi Eminovca.
Veli mi onaj njezin, a Ismetagin najmlađi Emin:
     -Uzeire, ti si znao mog babu?
     -Jesam, reko ko i svak u mahali.
     -A jesil znao da mu je najvažnija stvar u životu bila ova kuća i da ga komšija Salih ne nadvisi.
     -Jok ja.
     -Jašta je moj Uzeire. Jednom on nas stade buditi, nedelja ujutro, nije bilo ni svanulo:
Diž`te se lijenčine, ode komšija Salih pod nebesa, a vi još spavate. Neću da nas gleda o`zgor. I tako godinama, svaki vikend il odmor, mješaj malter, zidaj, samo da nas Salih ne nadvisi.
     -Zato sad imate svaki po boj da se sjetite babe i da mu selam predate.
     -Da smo Bogdom svi podstenari, barem bi govorili jedan s drugim. Eto šta nam je babo ostavio, moj Uzeire.
     -Nemoj tako, moj Emine, to je vaš babo sve sa dobrim nijetom.
     -Najveći belaji i nastanu sve sa dobrim nijetom, moj Uzeire.
Jedva onu kahvu popih ko da sam na iglama sjedio. Kontam nešto, što ti je ovaj jadni insan, čitav život se bori i „gine" za ovu djecu, a djeci nikad ugodit.

Da je Ismet bio pametan ne bi čitav život malter mješo i dizo čardak pod nebesa neg bi odveo djecu na more preko sindikata, a nedeljom u pionirsku, il na Vrelo Bosne, jal na žičaru put Trebevića. More bit bi s jaranima o`šo u ribu, jal u lov, a poslije i na akšamluk, il po taj vakat igro šaha il domina....Opet Ismet ne bi valjo, bezbeli. Reko li ja jenom:
Možete djeci ostavit ne znam ti šta, ako im niste ostavili srce i dušu, ko da im niste ništa ni ostavili.
A kad je insan pošten, i nije plaho gladan ostatak života mu projde u radosti što je osto takav pa makar ga svi gledali ko budalu i odozgor.

PAR KORAKA

Što se ovaj dunjaluk morc nekad pokupit, meščini sav stane u fildžan i onaj prvi srk kahve kad zaviriš sabahile u ovaj pametni telefon. Ispade on pametniji od sviju nas, a što je on pametniji insan je, meščini sve gluplji i gluplji. Nejse!

I dok u tebe niz sokak curi voda, sve ti cijevi zaledile, a ovi ti je katili još zavrću, na drugom kraju dunjaluka naš svijet izgori od vreline i slika se po plažama i bazenima. Nemere se načudit da u ovaj vakat nekom još zavrću vodu i grijanje.

Jah, šta si ti Uzeire doživio za svog vijeka. Ko bi reko kobili se nado, što bi znao rijet moj tetak Baho s Hreše.

Kad god navučem kaloše i ogrnem kaput, biva da protatam do Peštinog granapa eto ti Fate zamnom.

-Haj Uzeire prohodaj do granapa, al nemoj, tako ti Allaha, uzimat više germe eno mi je pun špaiz kolko si je nanio, ne znam hoće li nam više i trebat za života.

Unijdoh u granap kad ona najmlađa Peština, ima ih četiri cure, sve ljepša od ljepše.

-Asli ti nejma babe?

-Otišao je nešto u Vrazovo pa će onda po robu.

-Aha, neću vala ništa uzimat imam svega, neg ja nako svratio da ti vidim babu.

-Mog ćeš babu najprije nać na Fejzbuku, dedo Uzeire, eno napravio neku grupu pa po čitavu noć lijepi slike džezvi i fildžana.

-Zar i on, moja ti?

-Jel vidio nešto tamo eto ti ga nama i veli:

-Što vi vako ne umijete.

Neki dan nam probio glavu sa onim curama na konjima. Te one vake te one nake.

Reko, babo što nam nisi kupio konje pa bi i mi jahale i slikale se. Jest pa da ih vi jašete, a ja da ih hranim, ošto mi je to.

-Jah, šćeri, takvi su roditelji, sve što oni nisu mogli i umjeli da him je da im djeca mognu. Tako sam ja mom Hami kupio harmoniku, a on nešće harmoniku pa je prodade da uzme gitaru. Nagovaro ga da navija za Sarajvo i vodo ga na utakmice neće li zavolit, a on ode za Želju ko u inat babi. Za srce me ujo. Neg vi pustite babu, ako budete njemu ugađali nećete sebi. Svak ima svoju nafaku i svoj život pa nek ide tamo đi ga vodi, moje dijete.

Ne kupi ja ništa, al progovorih s nekim, odma insan rahatniji.

Kolko je god dunjaluk okraćo i sve nam se učinilo blizu tolko nam je postalo sve dalje kad ti treba neko pored tebe da ga gledaš u oči dok muhabetite i da vidiš kad mu se digne lijeva obrva da će nešto zeleno uzbrat, biva omahnut. Pa nek se i nakašlje i ušmrkne, običnije je kad se ima skim progovorit.

A život mi postade samo par koraka od avlije do granapa, umal ne rekoh do Fejzbuka, naletosum.

POD STARE DANE

-Šta je ovom narodu, moj Uzeire, sve pomahnitalo, veli mi Fata sabahile?

-Što, šta je rijet ?

-Eno onaj Fehim iz Donje mahale sve obilazi udovice i raspućenice i pita hoćel se koja udat za njeg. Fali se, te ima kuću, te zemlju neđi u Faletićima, bilesi pokazuje nake stranjske pare i štednu knjižicu samo ne bil kaka mahnitura poletila.

-I jel našo kaku?

-Jok on, ko će ga, nije nijedna blentava da mu pere i kuha pod stare dane, još kad čuju da hi je četiri sahranio neće pogotovo.

-Haj nek čujem i to jenom, do sad su samo žene sahranjivale ljude.

-Nisu sve Uzeire, evo nas dvoje zajedno pa šta nam fali.

Veli mi Derviša eto Fehima danas u našu mahalu, ko kad u nas ima žena bez ljudi kolko hoćeš.

-Odo ja onda do Muteta nećel i u tebe navratit.

-Nosi te dobrina i tebe i njega, nalet vas ne bilo.

Taman ja na kapiju, za šteku, otvorim vrata kad nisam u nesvjest pao. Neš mi vjerovat, Fehim mi na vratima.

'Reko, Fehime dragi pripade me, bolan ne bio. Neš valjda u mene?

Umal mu ne reko kućeš pored mene živa, kad će ti on:

-Nego da te nešto ko priupitam, Uzeire, nako u povjerenju..Imal tamo na fejsbuku kakih žena, udovica i raspušćenica?

'O`kle ja znam moj Fehime, ne mislim se više ženit. Nego da ja tebe šta priuptam, ako se neš ljutit?

-Šta se imam ljutit, a znam i štaš me pitat, kako sam uspio četiri žene nadživit:
Ne bi ti ja pojo kuhano jaje pred spavanje, nema tih para moj Uzeire. Donosile su meni sve četiri, al ja ih vraćo.
-Haj dobro da znam i da ne jedem kuhana jaja pred spavanje
Ode Fehim niz sokak, a ja gledam za njim i nešto mi ga bi žao. Svak nekog treba, a najviše, men`se`čini, za pod stare dane da se ima skim razgovorit, kahvu popit, nasmijat se, jal huju il tersluk prosut.
Kad je inasan sam ni hrana nema isti ukus. A jopet nemere se nazor s nekim bit. Jok. Bolje je i samo neg nazor, a Fehim zavro imanje i pare nudi, a ne zna jadnik da je ženama mala stvar, a lijepa i razumljiva riječ milija od sveg dunjaluka i ako je umiješ u pravi vakat dat ili rijet sve će ti se dženetske kapije otvorit. Kako se otvore, tako se mogu i zatvorit, jal nikad i ne otvorit.
Trebo sam mu rijet da ne luta džabe.

NIMUKAJETI

U nas ti je u mahali, haman, ko i u državi `vako:
Svak svakog olajava i svak svakom aferime traži i nalazi. Nemereš
ti više valjat taman da si ne znam ti kakav. Svak od svakog okreće
glavu.
Jedino se Ibrahim Nimukajet iz stranke sa svima lijepo pozdravi
dok sjeda u službena kola, nako ufitiljen, i ne trepće što narod
svašta o njem priča, jer je on namirio i namiriva i sebe i svoje, a još
povrh svega sirotinju obilazi i dijeli, nije ti šala. Ne kaže se džabe
u nas ko ne umije sebi nemere ni drugom... baš sve uzet.
Za njim mu hanuma, direktorica Beba Nimukajet. Jedino paščad za
njom ne laju, a ona ni habera, jer mogu je,... da izvinete.... Umal ne
lanuh.
    U njenom poslu nejma joj ravne, i kao takva hoće da uvede red, a
u nas kad se uvede red nejma više plandovanja i hajrovanja,
bezbeli. Ljenguzi i debelguze, navikli na lahku paru, kad him
završeš pipe gori su od ne znam ti koga. Taki će ti prava-zdrava
insana pretvorit u lopova jal hajvana, baš ko birvaktile četnika i
ustašu u partizana, samo da se njemu šta ne umanji.
Haj što su oni taki, al što su najmudriji na hartijama u nas i najgori
među nama, pehlivani što hodaju po kanafi i vire iz gu`ica naših
Nimukajeta. Nemereš him vjerovat ni kad cvrkuću oko tebe, jer oni
te nikad ne fale da te pofale neg te pripremaju da te ko bekana
lakše povale.
I tako ti je u nas u mahali ko u državi. Vrane nam poturaju pod
kanarince, pametne išćeruju iz pameti, vjernike iz vjere, a mlade iz
države Nimukajetlije.

RADOST DARIVANJA

Nama su često znali rijet:
Malehna je dječija ruka i malo u nju stane, ali je radost golema.
Biva, podajte nešto djeci, makar bogdu, i obradujte ih. Tako meni
ostade za čitav život, ha vidim kako dijete namah se mašim za
džep , a u džepu, u mene, vazdan nakih boba ima.
Tako i neki dan. Vraćam se iz granapa kad onaj Sabit Šabanov sa
djetetom. Vazda zastane i fino se upita sa mnom. Pomilujem onog
malog po glavi, izvadim bobu iz džepa da je dadnem djetetu, a
dijete ni mukajeta. Gleda me ispod oka ko kaka životinjica kad ne
zna ni kud bi ni štabi, al ne pruža ruke. Ostah ja taj vakat nudeći.
Sabitu bi neugodno pa mi veli:
    -Ma pusti Uzeire, nisu više djeci bobe zabremedet ko birvaktile,
daj ti njima kakvih igrica, samo ih to interesuje.
Vratim ja onu bobu u džep i uz sokak, polajnak svojoj kući.
Nisam zahatorio, nedo Bog, neg mi bide krivo na ovaj vakat što je
djeci uz` o radost primanja , a nama radost darivanja. Ono što sam
čitav život radio i u šta sam vjerovo da je dobro sad više nije.
Asli je i dječija ruka postala golema, a radost malehna. Jah!

NEK JE KUĆA PUNA

Kad ono nešto insana krene pa se sve složi i dan se skocka ko za izložbe kakve. Probudiš se naspavan, Fata ne ronda neg cvrkuće ko bulbul pa ti kahva bide slađa makar je i ne šećerio već odavno. Popije se rahat, i Fata ode u avliju, a ja već naložio vatru da poprži onu drugu kesu Minasa. Uzmirisala se avlija na dim, a kuća na tek poprženu kahvu. More li išta ko miris vratit insana u neki drugi vakat, pa čak i u onaj u kom nisi nikad ni bio, al ti se učinilo ko da jesi. Naumpade mi hošaf, da je kakve pušnice pa šljiva osušit u njojzi. Al se brzo pribrah i velim sebi, Uzeire na mjestu rahat, što ti je zinula gu`ica. Domalo bi i stelju sušio kako te je krenulo s merakom.

Vako se mi vazda razrahatimo kad nam se u rijetko potrefi da nam oboje djece sa svojom djecom dojdu đuture, nije ti šala. Razletimo se ko birvaktile da him ugodimo i pripremimo ko šta voli. Hami burek, more on sam tepsiju pojest, a snahi sirnicu. Merimi našoj zeljanicu, a zetu kake dolme nadolmit, jal paprike, jal sogančiće. Djeci samo onih krompiriča podmetnut, telefone u šake i mirni.

I na kraju sučim zasladit? Bezbeli, tepsija hurmažica jal ružica se sprema. Za rahatluk ti malo treba, samo da se sve vako ko u nas složi i skocka, a kad je kuća puna i srce ti je puno taman da na hastalu ničeg nejma

OLIMPIJSKA

Stadoh malo s Mutetom na sokaku da koju progovorimo kad prid nas limuzina. Odškrinu se pendžer, a iza pendžera, ko miš, viri komšija Nimukajet iz stranke. Nazva nam selam ko i vazda kad će ti njemu Mute:

-Š`o to, ba niste obilježili Olimpijadu, haa Ibro , niko ništa ko da je korida bila osamdes`četvrte!

-Što ću je obilježavat, nek je obilježava ko je na njoj hajrovo. Veli ti on njemu, okrenu se name, Allahimanet Uzeire, zatvori se onaj pendžer i ode.

-Sjećaš li se ti Mujo kad su ono pred olimpijadu hapsili lopove i jalijaše da ne bi pravili kakog belaja i zijana?

-Sječam.

-Đi si ono ti onda bio?

-Na službenom putu, Uzeire, đe ću bit.

-A ha ! Ne do Dragi Alah da nam jopet, slučajno zapadne kaka olimpijada, morali bi pravit dva olimpijska sela, jedno za musafire iz drugijeh zemalja a drugo, još veće od Dobrinje samo za hapsana.

Svake godine, nekako u ova doba, sjetimo se Olimpijade i kako su se nahapali onda naši velikaši, al je svako imo olimpijsku nafaku, bezbeli.

Kad god vidim ovog našeg Nimukajet Ibru sjetim se Mikulić Branka i Sučić Ante, kakvi ovi danas, moj brate, koja je to sila bila, a sad ih se jedva sjete.

Sve bide i prođe samo osta ovi jadni narod da devera i čeka kad će kome od njih smrknut da bi drugom svanulo, jer ničija nije do zore gorila... Jedino se, meščini, u nama olimpijski plamen još nije ugasio.

ZBOG SEVDAHA I UZDAHA

Birvaktile su u nas, poslije vjere, sevdah, ašikovanje i uzdisanje bili plaho zabremedet. Za državu niko nije hajo, ko kad nikad nije ni bila naša, neg se samo čekalo kad će je`ni otić da bi drugi došli. Narod bi se plaho pripremi da dočeka novu vlast, da joj se prilagodi, biva da promijeni i govor i običaje...ama sve...Samo vjeru ne. Odkako primiše Islam, vjera im postade i jača i preča neg u onih od kojih su je primili.

U današnji vakat narod više nit čeka nit se priprema jer je država napokon postala naša, i više ne dolaze drugi neg se mijenjaju je`ni te isti pa nam je i država, kakva je takva je, vazda ista.

Nejse.

Hotio sam vam pripovjedit o sevdahu, biva o ljubavi i zaljubljivanju.

U nas ti je to ko i sve drugo, Allahselamet. Nije ni čudo što je Bosna, a Bome i Hercegovina bila puna djevojačkih stijena, biva mjesta odakle su djevojke odlazile na ahiret bez dina i imana, a sve zbog zagondžija, alčaka i hrsuza što su im obećavali sve i svašta, a one ja`nice nisu znale da niko ko muško ne umije smislit priču kad mu, da izvinete, naumpadne. Jah.

Ne prođe ni hefta a da ne čuješ kako je n`aka đula zglajzala niz djevojačku stijenu, a u noviji vakat zamodalo da se bacaju pod voz, gluho i daleko bilo. Do malo ćeš čut ko joj je i šta obećo, al sve ostane na priči jer narod ko narod svašta priča, a kad ne zna pravu istinu duša mu je izmislit po svom. Nejse.

Naumpade mi kad je kona Zumra oženila sina u zimu i smjestila mladence na donji boj, a oni ne hotješe djece odma pa se čuvali bezbeli i samo frljatali one najlone kroz prozor, a pod prozorom bila trešnja sva od snijega bijela.

Kad se onaj snijeg otopio, nejma ko nije zasto pored Zumrine kuće i grohotom se nasmijo.

Ona trešnja okićena ko božićno drvce, ne budi primjenjeno, sve sa nje visi onaj bezobrazluk, a Zumra, jadnica, bere i skida, u zemlju bi propala od sramote.

Gledam Zumru kako bere i sve nešto kontam:

Da je ovog bilo birvaktile, more bit da ne bi u nas bilo djevojačkih stijena, ko će ga znat.

DUMO NE DUMO

Što ti je ovaj insan, zakopiti se na ovom Dunjaluku ko da će vječno na njem ostat, a nestane ga sad pa sad, da je ne znam ti kakav. Nekog upamte po ovom nekog po onom, a nekog se ne mogu sjetit taj vakat, tek kad spomenu s kim se družio i skim je sjedio i u kojoj kafani, sjete se i njeg.

U mene Fata se vazda sjeti istih ljudi, biva žena:

-Sjećaš li se ti Uzeir babice Nafe, šta je ona žena porodila i pupaka svezala. Čim spomene Nafu, znam da je slijedeća Kira, patronažna sestra koju si vazda mogo srest po mahali s onom crnom tašnom, istom ko kod Skake rahmetli. Mnoge su žene bile hanume, a samo je Kira, za Fatu, bila vazda gospođa.

Nabrajajuć tako dojde i do Hasije, čistačice u Domu zdravlja. Hasiju su svi begenisali, hem je bila vesela, hem hotjela svima pomoć. Ona bi ti zađi po mahali i pokupi bi zdravstvene knjižice ko god treba na kakav pregled jal kontrolu i znao si ako ti je Hasija odnijela knjižicu da si najprvi na redu. I ne samo to. Kad bi neko moro odnijet mokraću prvo bi je odnesi njojzi da je ona pogleda i dadne dijagnozu pa onda hećimu ako ga Hasija uputi. I vazda je pogađala:

-Ma ovo ti je upala mokraćnih kanala, haj ti kući, čaj od peršuna ti je za ovo tvoje bir ilađ. Samo pi i proće, bolje ti je neg da se truješ tabletama.

Molili je doktori kad već daje ljudima dijagnoze da im ne govori koje će lijekove uzimat. Svi su je volili i poštivali sve dok ne dojdoše ovi novi i zaprijetiše joj otkazom ako nastavi.

To joj je i dohakalo.

Sjetih se je`nom kad ono nije bilo kocke u nas kupit a mi svi grizli
kocku s kahvom i da se ne bi odrekli ćejfa ljudi pravili kocku od
sitnog šećera pa bi se ona kocka sva raspi dok je prineseš ustima pa
bi Hasija , Allah joj rahmetile, znala lanut:
- `Bem ti ovo, pune mi sise bidnu šećera!
Imaš ti ljudi , a bome i žena što protutnja, il se provuče, jal
odgmiže, a da se nikad ne zapita, šta ću ja ovde i kakva mi je svrha
neg ti se ono onako u behutu pusti, a da nikad i ne pomisli odkud ja
ovde i kud mi je ić kad se svjetla pogase. Nek vala ni ne misli kad
ne mora, samo ga glava more zabolit. Kakva je korist onima što im
je Bog dao da moraju vazda dumat o svačemu i stalno se zapitkivat
makar nikad odgovora ne našli. Šta ćeš, mora i to neko!
Dumo ne dumo, insan bi i projde, ko da na jena vrata uđe a na
druga izađe, a dunjaluk nas priteže sebi, odemo pa mu se opet
vratimo, i sve tako do sudnjeg dana. Budemo, ne budemo,
budemo...jesmo, nismo...ko smo , šta smo...

KUKURIKU

Ljudi ljudski, šta je ovom narodu? Eno u mene se od sabaha ufatio red pred kapijom, čitava se mahala izredala, bilesi počeli dolazit iz drugih mahala, nije ti šala. Neki dan mi dojde žena čak iz Švrakinog, veli čula da ja pomažem, pa nakav dedo iz Sokolović kolonije preko Ilidže i Alpašinog došo sve pjehe, čuo da će tako bolje pomoć.

-Mogo si, reko, i na koljenima do mene doć ne bi ti pomoglo. Valjda narodu toga treba ko hahve i šećera pa me razvikali ko da sam Torabi, tobe jarabi. Samo da ih još počnem na stadionu primat i vodom umivat.

U mene Fata sve je`no po je`no uvodi i namah kahvu donosi.

-Imaš još dvije žene do ikindije, a poslije ikindije do akšama će ti četiri ostat. Asli su sve četiri s ljudima došle.

-Puno je, reko, četiri, neću imat kad. Moraćeš jenu vtratit i naručit za sutra.

-Jok ja, ne vračala vala nikoga. Eno one Safure iz Doma zdravlja, dva put sam je vraćala.

Ljudi mi davali pare pa kad su čuli da ne primam samo kese donose i ostavljaju za vrata. Ne znam šta ću s onolikom kahvom, kockom, Linđo kekesom i sokovima na razmućivanje, neg dijelit po mahali.

Bome dojde red i na Safuru.

-Kako si Uzeire?

-Reko, dobro sam moja ti Safura, kako si ti.

-Dobro, veli, ma vala i nisam dobro Uzeire evo me nešto ušćaklo izmeđuplećki ko da mi je neko handžar zabio pa ga vrti krvnički.

-To je tebi sandžija. Popusti li te ikad?

-Jok ona, moj Uziere, jedino kad se nalaktim na pendžer malo mi umine. Ima li kakog lijeka Uzeire?

-Od`kle ja znam , moja ti Safura, nisam hećim. Neg ti traži da te djeca pošalju dvije hefte u banje pa će ti to proć.

-A šta ću do tad moj Uzeire.

-Ništa, nalakti se na pendžer i zamisli da ti dolaze ašiklije pod pendžer ko birvaktile, jal jedan jal dvojica.

-Znala su i po četverica doć, moj Uzeire.

-More bit, moja ti i da jesu. Onda ti zamisli četvericu ako moreš.

-Pravo da ti velim Uzeire nisam ti ja zbog sandžije ni došla.

-Neg rašta si?

-Zbog onog, moj Uzeire.

-De ti meni to rastabiri draga ženo nejmam ja vremena dumat. Eno narod čeka.

-Uzeire, Uzeire pohiti, eno pun avtobus došo čak iz Visokog, valja ti to sve poprimat. Haj Uzeire!

-Ne primam više nikog. Kapak!

-Kakvo te primanje snašlo, haj ustaj proće ti rani Sabah. Šta si se raspavo, znaš odkad te budim.

Ustanem sav u goloj vodi i kontam šta sve ovaj insan neće usnit.

Šta li mi je ona Safura hotjela rijet?

Pu pu, nedo mi je Bog više usnit.

Ne kukaju ljudi džabe baš ko što ni horozi ne kukuriču ko nekad u nas u mahali.

LJUDI LJUDSKI

Lahko je s ljudima u današnji vakat, jel ti nešto nije lego samo ga u stranu gurneš i on namah skonta i nejma ti ga više. Prije je bilo drugačije. Mogo si ti njemu u lice rijet da ti nije lego, džaba, eto ti ga opet oko tebe se uzvrtio dok ti ne popustiš i opet počneš sa njim kahvu pit. Moro si ga sikterisat jal mršnut da bi te se okano, a zato je trebalo debelih razloga. U današnji vakat sve više i sve deblji razlozi, a sikterisat nekoga ko vode se napit.

Kol`ko ljudi tol`ko i ćudi, govorili su. I nije svako na prvu, da ti legne i omili. Takvih je malo, a od tog malo najviše ih je kvarno i ne misli ti dobro, neg se mili oko tebe sa kakvom namjerom, pa kad ti omili tek tad se i pokaže. Jah.

Trebalo mi je čitav život da skontam da najvrijednije ljude moraš dobro potražit, a da te kvarnjaci sami nađu. I kad si ih prepozn`o neće ti odma leć, jok oni. Takvima treba vremena i vremena da ti se otvore, a kad ti se otvore sami, baš ko školjke, pokažu ti bisere ljepše neg onima što ih nasilu otvaraju da bi ih ukrali. Jah!

-Biva dobiješ prijatelja za čitav život, moj Mute.

-Sve dok ti ne zatreba kredit i uzmeš ga za žiranta, moj Uzeire.

-Haj nosi te dobrina, sve preokreneš na svoje. I mi smo dizali kredite, al ne pamtim da je neko za nekog vraćo. Nije bilo veće sramote od toga. Haj ti za svojim poslom nelet te ne bilo.

-Nek radi ko mora, ja sam davno odradio te tvoje bisere i sad uživam moj Uzeire. Tavi se u nas zovu levati.

-Šuti unsute, more neko pomislit i da jesi, hrsuze li da bi li hrsuze.

-Neg ti meni nafataj takvih pa ćemo dijelit tal Uzeirbeže.

Vako on kad se nastavi nikad prestat, ko ga ne zna pomislio bi da

je taki, a more bit i da jest ko će ga znat.
Da ne bi dušu griješio sa njim, reko:
    -Odo se ja malo odgegat do granapa.
    -Haj i ja ću stobom malo prošetat da protegnem noge.
    -Haj kad si navalio!
    -Hoćemo li s autom u šetnju, Uzeire?
    -E beli sam danas gotov, asli nejmaš nikog drugog za šege pa se
meni nalaktio.

E MA E SA SA

U mene Fata vazda nosala kolut gume uzase, i kad bi nam dojdi unuka Ajla namah joj je s vrata dadne.

-Mama, šta će s tom gumom, pita je Merima?

-Nek priskače dijete, da ne vadi iz gaća i ne rašiva đi god ima kakvu gumu na sebi.

-Ma neće, veli joj Merima.

-Jok neće, ko što nisi ni ti.

NAFAKA

Neki ljudi, a Bome i žene su plaho strašljivi u životu i od tog straha nikad ništa ne učine neg puste da im se dešava i da im drugi kroji sudbinu, a kad ti pustiš drugima, ništa ti se ni dobro ni lijepo nemere desit, jer svako gleda prvo sebi , bezbeli..
Kod nekog je tako, a kod nekog skroz drugačije, biva, uzme stvar u svoje ruke i zavre taman i na svoju štetu, al će bit onako kako je on hotio i nanijetio, i sem dragog Allaha niko mu to nemere poremetit.
Tako i moj dobri ahbab, najstariji insan na sunčanoj strani , a more bit i šire, dedo Kasim iz Budakovića veli:
-Uzeire, ako preživiš pedeset i petu živjet ćeš do sedamdesete rahat, a ako preživiš i sedamdesetu moreš se nadat i stoji, nedo Bog nikome.
Zna Bome dedo Kasim, jer ti je on u pedeset i nekoj fasovo onog pogancera, gluho i daleko bilo. Ha ga je fasovo namah je reko, ja doktorima ne idem, svakako ću umrijet, sad ili za dva`jest godina svejedno. Kako je reko tako i uradio, doktori ga nisu vidjeli, al se Kasim sam izliječi, veli, svako jutro i naveče kocku šećera natopiš sa devet kapi gasa, bir ilađ, za godinu dana ko rukom odnešeno.
Dogura , Bome Kasim i do osamdesete sve uz kahvu i cigaru kalemeć jenu na drugu. Kad bi mu ko šta reci za duhan, znao je rijet baš ko ona žena, ja ću pušit dok ne crknem. Zamal tako i ne bi, jer je presto pušit poslije srčane kapi. E kad je dedo Kasim mogo prestat u osamdesetoj, more vala svak, govore i dan danile u nas pušačima, al džaba.
Kad mu je hećim reko da mu moraju ugradit naku pumpu, Kasim će ti njemu:

-Nisam mahnit da mi ugrađujete pumpe sa kineskom baterijom pa da mi srce stane , neg ti meni pravo reci, more li mi ovo srce bit dok sam živ?
Reko doktor da može i Kasim ti iz bolnice pravo kući. Eno ga i dan danas živ i dobro se primako stoji ako je nije i prešišo, ko će ga znat.
Nisam vam hotio rijet da se ne liječite, nedo Bog, svak zna svoje, neg sam vam hotio rijet da će svako potrošit svoju nafaku do kraja i da se nejma čega plašit, jer će mu sve što ima moć` bit do kraja života, bezbeli.

PROLJEĆE

Pijemo mi kahvu u nas na čardačiću, šutimo i čekamo kad će se
ova izmaglica slegnut', neće li nam se i Saraj'vo ukazat'
Baš k'o kratkovidan insan kad čita kak'u lijepu knjigu po ko zna
koji put, al' bez đozluka pa samo nagađa i zamišlja tu ljepotu u
njojzi dok bulji u zamagljena slova, a kad turi đozluke k'o da mu se
Dunjaluk otvori i razuvidi pred očima.
E tako ti i nama sabahile svanu i Saraj'vo nam se u suncu ukaza.
Kako se ukaza, tako mi se i u glavi poče vedrit' i rasvanjivat'.
-De, Uzeire ne zanosi se badava neće ti proljeće još zadugo, veli
mi Fata i probudi me ko iz nakog sna.
Kad imaš ženu pored sebe ne mereš se ni razvedrit' ni naoblačit',
nit ti more proljeće doć kad ti hoćeš nego kad se dogovorite, biva
kad ona odredi.

KO MOJA MATI

U nas u mahali, ko i svake godine žene se nadignu da planiraju ku`će za osmi mart, biva Dan žena. Svako malo eto ti u nas Šahze da ugajguli, sa u mene mi Fatom, kolko je još ostalo mjesta, hoće li sve žene moć stat i kakve će mahane nać hrani i piću kad sve projde. Haman o svemu tabire po taj vakat.
Ha ja unijdem, ko da si radijon išteko iz struje stane i priča.

-Što je vama ženama svanulo u ovaj vakat, reko him, da se malo našalim, kad se Šahza nastavi:

-I ne svanulo, Uzeire, kad se sjetim šta je ona moja huda mati sve izdeverala za svog vakta.

-Sa babom ti rahmetli?

-Bez babe, moj Uzeire, više je bila bez njeg neg sa njim. Ostala željna čo`jeka.

-A jah, ono je on u Njemačkoj radio.

-Moj otac otišo 69. a kuću napravili 72. Slao nam pisma i kad bi sjeli za sofru, prije neg ćemo jest, dedo čit`o babina pisma naglas, a moj babo piso pisma starinski, ko da piše jaranu, a ne ženi, jer je znao da to svi čitaju. Mater ga bila željna pa vazdan isčekivala kakvu lijepu riječ, malo nježnosti, al jok on. Kad smo trebali preselit u novu kuću dedo joj reče, eto snaha i ti dočeka da se razdjelimo, hoćeš li sad bit rahat u svojoj kući, a ona će ti njemu:
-Nek sam vala dočekala da se pisma naglas ne čitaju, bezbeli da ću bit rahat.
Prvi put da mu je odgovorila.

-Onda su se se stari plaho poštivali.

-Jašta su moj Uzeire, a neki su plaho zafrkavali, ko kad im se moglo.

-I dočeka tvoja mati da sama čita pisma?

-Dočekala, al kaka joj korist, mogla ga je i na glas, na avliji čitat, nijedne riječi nježnosti i topline, moj Uzeire.

-Tako je to bilo u onaj vakat, nije se plaho govorilo, neg se to ćutilo, moja ti.

-Šta će oćutit. moj Uzeire, kad su joj ta pisma bila sve, a on bi dojdi dva puta u godini, ne bi je ni zagrlio kako treba, stid ga bilo oca i matere. Tek kad bi pođi nazad i ona ga pratila, mogli su se negdje krišom poljubit da niko ne vidi. Nedo Bog nikome deverat više kao moja mati.

Uzdahnu žena i zaplaka za materom, a meni je nešto bi žao, i nje i matere joj. Kud joj napomenu, bolje da sam jezik pregrizo.

Reko, odo ja za svojim poslom, a ne znam ni kud sam kreno, zastanem u po koraka i dobro se zamislim. Beli su ove naše žene mimo svih ostalih. U kojem god vaktu da su, hodale ne hodale, radile ne radile, vazda im isto na pameti, biva kako sačuvati porodicu i dom.

Svašta deverale, ali niko kao moja mati.

PRSTEN

Kako insanu more zinut gu`ica za zlatom tako mu se može srce raširit i duša raznježit za onim što je srcu drago. A da nije zlato sve što sija živa je istina, a saš čut` i kako:
Dojde u nas kona Đulsa da posjedi, nije odavno bila. Ispija kahvu, priča sa Fatom i taj vakat gladi i zavrće prsten na ruci. Imaš ti žena, a Bome i ljudi pa svašta radi, pogotovo kad je nervozno, a i nako, kako je ko šta naučio naopako i bez potrebe pa se nemere odviknut šale, a ničem mu ne služi osim da svak primjeti i da mu se ruga i pamti ga po tome. Baš ko u mene Fata, dok priča stobom bere trunke s ćilima jal skida dlake i trese prhut ženama s ramena. Džaba, naučila i nemere drugačije. Nejse.
Mi više i ne slušamo Đulsu neg samo blehnemo u onaj njezin prsten sve dok je Fata ne upita:
   -Draga Đulso što ti je to taj prsten tako pocrnio asli nije pravo zlato?
   -Jok ono, moja ti Fatma hanuma, a meni je draži od svih zlatnih, a saš čut i što:
   U mene Ramiz, rahmet mu duši, kad sam došla za njeg reko, kolko mi god rodiš sinova tolko ću ti kupit zlatnih prstenova. Rađala mu ja šćeri sve jednu za drugom, a Ramiz bi mi svaki put kupi prsten iako je obećo kupovat samo za sinove. Ono on hodo po terenima i kad bi se ja god porodi pošaljem mu telegram i on na voz i eto ti ga s prstenom, a prsten bi vazda kupi u vozu, moja ti Fatima.
   -Aaaa, zar je bilo prije u vozu kupit pršćenja, moja ti Đulso?

-Bezbeli da nije, neg naki gilipteri hodali po vozu i prodavali nakit jeftino, ko fol, žene se, djete im u bolnici, svašta nešto izmišljali, a u mene čojek bio naivan pa kupovo.

Ha ga pokvasiš namah pocrni, moja ti.

-Što mu nisi rekla bonićko, da ne baca pare džaba?

-Žao mi ga bilo da mu ne iskvarim. On me stalno pito što ne nosam ono pršćenje nikad, a ja mu govorila da se bojim da ga ne izgubim. Na kraju je sam skonto kad sam rodila četvrtu šćer, Esmu, reko mu jaran da ne kupuje i kako ovi varaju narod.

Tad je on s voza otišo u zlataru i kupio mi četiri zlatna prstena, a ja od sveg zlata najviše volim ovo gvožđe nosat, i kad ga god pomilujem i okrenem, eto ti mog Ramiza pridame ko da mi je živ, moja ti Fatima.

Slušam je nešto i ukaza mi se jasno ko nikad što su naši stari birvaktile govorili da nije blago ni srebro ni zlato....Jah!

Haj ti to sad nekome dokaži!

ĐI SI BIO ŠTA SI RADIO

-Što ti je ovaj život sad te ima sad te nejma.

-Jest vala Uzeire, začas prođe.

-I đi si bio niđi, šta si radio ništa, velim mu ja, kad će ti on meni:

-Ja sam, Boga mi, bio svuda, otvorio dva restorana, napravio dvije kuće...

Nastavio se nikad stat, ko da sam ga nešto pito.

SVANUĆE JEDNOM I NAMA

Zove me Omer, nije ti šala čak iz Amsterdama da mi kaže kako
onaj svilenokosi šejtan sa čehrom maksuma, plaho mi nešto nalik
na onog što je u nas mnogo zla nanio, nije pobjedio i kako su
Holanđani izašli na izbore u najvećem broju do sada samo da bi to
spriječili.
    -Aferim, reko mu, neće li i u nas tako.
Samo što je u nas politika naopaka ko i sve ostalo pa narod i nejma
za koga glasat kad je svaka partija nalik ko jaje jajetu. Ko da sve
jeni od drugih prepisuju i misle da se samo more vladat zavadom i
mržnjom. Nejse.
    -Kako ti deveraš Omere, jesil počeo radit, pitam ga jer znam da
mu je bila pregorila naka žica u njem pa je zadugo sjedio kod kuće.
    -Jašta sam, moj Uzeire i umal ti ne postado poslovođa u mojoj
smjeni.
    -Pa što nisi moj Omere, beli ti nije još suđeno?
    'Ovaj moj gazda plaho mudar, a da nije ne bi ni imo ovo što
ima, pa ispitivo tajno radnike ko je najomiljeniji, biva da ga
postavi za šefa.
    -I ko bi moj Omere, beli neki njihov?
    -Ne'š mi vjerovat Uzeire da su najviše za mene glasali.
    -Hoću, što neću, vrijedan si ti, a što ne postade poslovođa moj
Omere?
    -Čuj što? Reko sam ti da mi je gazda plaho pametan, ne treba
njemu neko što će sa svima lala-mile, neg mu treba gonić robova.
Zato je izabro jednog što ga niko ne voli, moj Uzeire.
    -Svašta u vas moj Omere, neg kako su ti djeca imaju l' oni tamo
problema se uklopit`?

-Jok oni. Čim su stasali da misle svojom glavom, ja sam njima reko vako: Djeco, niste vi moji, niste ni Bosanci ni Holanđani, a niste ni Muslimani, vi ste djeco od Boga , znači da ste prvo njegovi pa onda moji, pa Muslimani, pa Bosanci i Holanđani. Nemaju ti oni, moj Uzeire, problema ko su i šta su, biva sa identitetom ako si na to mislio.
Zadugo sam konto šta mi Omer sve napriča, a najviše sam dumo, da je osto ovde bil mogo djeci ikad dokazat da nisu najprije, Muslimani, Bosanci, sarajlije istočnjaci, raja il papci, pa tek onda insani od Boga dati .
Svanuće valjda jednom i nama.

UZ BOŽIJU POMOĆ

Haj što ovo sunce i lijepo vrijeme izmami omladinu i nekako, al kad povuče starog insana i navuče ga da bez kaputa iziđe i obiđe ahbabe i to sve taban-fijakerom, biva pjehe nije ti šala, nemere na dobro. Sve kontaš moreš, ali jok, noge ne slušaju pa sve izviruješ neće li onaj nalet od`kle izbit i skratit mi ovu muku na putu do kuće. Dojdo ja Bome, nekako se doplazah do svoje kuće uz božju pomoć, i velim Fati:

-Naspider mi u onaj lavor mlake vode, noge ne osjećam ko da mi je međed lizo tabane pa ih satro.

-Čuj međed mu lizo tabane, od kog si to čuo moj Uzeire?

-Od je'ne herke, fina žena, neće slagat.

-Kud si poletio za ovim zubatim suncem ko da ti je pedeset i pet. Nisi ti više momak.

-Nisam vala bio momak ni sa pedeset i pet, a danas upeklo, moreš sve u potkošulji hodat, al nemere se više na nogama.

Turider, reko Fati, kake ponjave pod pendžere i pod vrata, n'aka me zima ufatila, asli puše odnekle.

-A od'kle će puhat, moj Uzeire, odkako smo udarili ova nova vrata i pendžere nit šta puše nit šta čuješ krozanjih, neg si se to ti nahladio, poletio baš ko birvaktile ona baba Marta što je krenula bez božje pomoći u planinu..

Asli su sva tri džemreta udarila i u zemlju i u vodu i uzrak, sa'će i ove babine huke proć i eto nama jopet života. Lijepo ljeto pa potaj vakat na avliji, u bašći i oko cvijeća deverat.

Jes, valahi se i ova zima odužila, nećeli malo i nas sunce ogrijat.

Kako Fata spomenu babu Martu tako se i ja sjetih šta nam je nana Subhija govorila:

Bila jena, anamo ona, baba Marta, po njoj je i ovaj mjesec dobio ime, pa je lijepo vrijeme zavaralo, pa je potjerala u planinu kozu i sedam jarića, te im govorila tjerajući ih:

-Hajte bez Božije pomoći! Dosad je bilo sa njom, a sada može i bez nje!"

Biva, sada nije tol'ko hladno da bi trebala božija pomoć. Kad je stigla u planinu, naglo je zahladnilo, te su se i baba i koza i jarići smrzli.

Otad cijeli dunjaluk trpi što je babi Marti jezik bio duži od pameti.

Zato nit đi kreći nit šta započinji bez božje pomoći, jer džaba ti je što se more, kad ti nemereš.

ŽELJO JE NAŠ

Zove me sinoć moj Kemica čak sa Dolac Malte, meščini da je bio malo pod gasom, da mi kaže kako him je lijep stadion.

-Nisam Uzeire ni lizno, veli, a ko da jesam, tolko mi je drago zbog nas, zbog Želje našeg.

-Kad je vama tolko drago i meni je moj Kemale, taman ko da je naše Sarajvo dobilo novi stadion.

Nešto kontam, što ti je ovaj narod, malo mu treba, a ne daju mu ni to malo neg stišću i zavrću dok ne crkne. Kolko je samo ljubavi i rahatluka utkano u taj mali stadiončić i kolko je ljudskih srca zaigralo od ponosa i sreće zbog ovo malo što je narod sam sebi izgradio za bogdu rahatluka i mrven radosti. `Vako bi trebo narod uzet sve u svoje ruke pa kolko se može, a može se Bome puno više s lijepim i sa slogom neg sa mržnjom i rušenjem.

Odo još zovnut Adila čak u Budakoviće, i on ti je malo žešći Željovac, da i njemu poželim mubarek stadion, biće mu plaho drago, jer nismo svi Željini, al je Željo zato naš.

KO PRIKAZE

U današnji vakat svak` nešto piše. Ne znam jeli se ikad više pisalo i slikalo ko sad`. Ko je volio puno čitat sad može lijepo pisat, baš ko što moraš znat slušat da bi umio mudrovat i pričat.

Meščini da narod više begeniše kad kona Rajfa uslika tek prostrt veš pa doturi još jednu sliku kad ga digne sohom nebu pod oblake neg kad neko nešto lijepo napiše.

Sad, haman svi znamo šta je kad Meša jal Ivo napiso, a nekad ne znamo jel nešto Rumi, Bašeskija, jal Hadžibeg zapiso, il je Mirso, Šuhra, Marko, jal Boban od njih svojim riječima prepiso. Sve se može saznat samo ne znamo jesmo li od tog pametniji il još gluplji postali.

Prije je bilo na jedno uho uđe a na drugo izađe, a sad u oči te bode al u glavu ne ulazi šale.

Nek sam vala i ovo dočeko da mogu jasno vidjet na šta će ovaj dunjaluk izić i kud ode ovaj insan, a kud hajvan. Prije je hajvan išo u zijan, a sad ko da je naopako pa hajvan sluša i miruje, a insan rajzuje i golemi zijan čini. Nejse!

Nejma vam više života narode ko što je nekad bio. Sad ćemo živjet ovako, biva, ko nako, i kako ko sebi umije smislit i oživit pred drugima. Kako se ko prikaže. Od sad ćemo samo sanjat život i mislit da volimo, jal mrzimo, suosjećamo, jal nekom pomažemo il odmažemo, a sve to skupa traje dok se ne zaboravi, a zaboravi se sad pa sad. Ko da sam sve usnio.

More bit je i bolje tako, jer ovako ni ljubav ni mržnja, ni bjes ni ljutnja ne traju ko što mogu izaprave trajat i ljudima život zagorčavat. Od sad ćemo samo `vako jedni drugima se ukazivat, a čovjek će čovjeku vuk ostat` samo što će mu još k`o prikaza postat`.

OČI KOJE GOVORE

Pijemo sabahile kahvu u nas na čardačiću, zima u sred aprila, sve ko da mi nosnice zapahne miris snijega sa planina, a ja nešto dumam o riječima. Nije džabe zapisano da je riječ prva nastala pa onda sve ostalo, jer što riječ more napravit dobra, a još više zla to ni misao ne mere sve dok se ne izgovori, jal napiše, jer kad se izgovori, a pogotovu kad se zapiše, ne mereš ti to ni vratit ni ispravit više. Jah!
Trebo nam je dragi Allah dati svima oči koje govore, more bit bi manje zla izašlo na oči neg što na usta izlazi. .

O ISTOM TROŠKU

Što se ovaj narod zabavio oko snijega baš ko da prvi put vidi snijeg u aprilu, znao je u nas i u maju zapast, velim ja Fati sabahile pri kahvi, i sejrim sa ćardaćića po mahali i sokaku.

-Bome je napado, neš se ovog šale kutarisat.

-Ma ovo su ti babine huke, čim sunce izbije ode on.

-Jah, ode kad jadnom narodu potare i uništi što je narod uzgajo i muku mučio.

-Vala će golemu štetu nanijet, rašta je i pado.

-Božje davanje, moj Uzeire, kakvi smo i dobro nam je.

I tako bi mi taj vakat kad se nešto začu, ko da neko doziva sa sokaka.

Ko će ti bit, nakav Rom, traži staro željezo. Gledam ga i kontam što su ovi naši cigani vrijedni, a vazda su u bijedi živjeli. More bit da je do njih, a more bit da je više do nas, ko će ga znat. Samo znam da im nije lahko sa nama deverat.

Nama su govorili od malehna da su svi insani isti, i da smo svi Božji robovi, biva pred Bogom isti.

A što nas je onda, tobe jarabi, napravio različitim, neko će upitat?

-Ne umijem ti kazat, to samo on zna.

-Jesu li i cigani isti ko mi?

-Bezbeli da su isti i oni su Božji robovi.

-Pa što onda hoće da nas ukradu, da nam odsjeku noge i ruke, oslijepe nas i da prose sa nama?

-Hajte djeco na jaliju, igrajte se. Samo dragi Allah sve zna, što je to tako.

-Kako su tebe plašili, bonićko?

-Fino, da su me cigani čergaši izgubili i oni me uzeli sebi, i ako ne budem slušala, ha se cigani vrate, oni će me dat njima, ja mahnita naroda, Allahu mili.

Nisam smjela izić iz avlije kad bi čuj da su neđi čergu razapeli, sve dok ne jave da su otišli.

-Jašta je neg mahnit, u nas ti ne valja bit ni viši, ni manji, ni pametniji, ni gluplji, ni bolji, ni gori, nit ružniji pa ni ljepši od ostalih, a kamoli crn, jal žut, ne do ti dragi Allah.

-Pa kakav ćeš onda bit, moj Uzeire, moraš bit nekakav?

-Moraš, bezbeli, a kakav si god nekom ne'š valjat. Zato ti je najbolje bit 'nakav kak'og te je Bog dao, a život napravio, kad nemereš nikad valjat onda barem budi to što jesi o istom trošku.

TRI VRSTE INSANA

Bio jedan dedo sa Pirinog brijega, a neki vele da je iz Hendek mahale. Nejse. Taj ti je dedo znao zasrest nas omladinu i rijet:
    -Sinko, insani su ti podjeljeni u tri grupe, u prvoj su ti oni što su na dobrom, a u drugoj oni što su na šejtanskom putu. Sad ti kontaš da si od onih prvih što su na dobrom putu, bezbeli, jer na šejtankom nisi, Ali ima još jedna grupa ljudi, hajvani, takvih je najviše, oni samo čekaju ko će od ova dva pobjediti i postat nadmoćniji da mu se priključe.

Haj ti sad zasretni nekog i vako mu šta reci!

BOLJE SVOJE I BAKSUZ

-Znaš li ti Uzeire kako je nastala ova izreka, veli mi Hazim?
-Jok ja, od'kle ću znat, moj Hazime.
   -Bio jedan Halid, hamal i volio popit, imo samo jednog sina, a bio mu plaho baksuz. Sva djeca u mahali bila hairli sem njega. Jednom ti se on plaho nalagumo, padne u jarak i ostane nako ležat. Blizu jarka bilo igralište pa bi se sva djeca tamo iskupi i kad ugledaju Halida samo prođu pored njega i odoše se hloptat. Naiđe tako i Halidov sin jedinac i kad ugleda babu kako leži u jarku podiže ga na leđa i odnese kući da ga više ne bruka po mahali.
Kad se otrijeznio i sazno ko ga je donio kući, od tad pa do kraja života samo je ovo ponavljo, a narod upamtio pa ponavljo dalje.
   -A šta će moj Hazime, narod ko narod, da mu se utješit pa kako god.

PRVI PLAČ

Oni koji imaju malu djecu znaju da djeca svašta pitaju i da ih sve interesuje. Kad djeca narastu, postanu ljudi i dobiju svoju djecu, ako se i tad' nastave pitat' i zapitkivat', znajte da je to posebna sorta koja se pita i zapitkuje do kraja života. Nejse.

Prije je to bilo malo lakše za roditelje neg sad, a pogotovo za nane i dede koji su davali odgovore na sva pitanja ko iz rukava, a mi smo mislili da je naš babo najpametniji čovjek na svijetu, jer što smo god pitali mamu ona bi nam reci, pitajte babu, a što smo god pitali babu on je znao odgovor. Mislili smo da je to zato što nije propušt'o nijedan dnevnik, biva vijesti kad mi nismo smjeli "dihat" kamo li pisnut, da mu šta ne bi promaklo. Poslije svakog dnevnika mati bi nas istjeraj na avliju sve dok babo ne prestane 'sovat.

Njega smo pitali samo kad bi nam trebo pravi odgovor, za škole, iz ovog vakta, a nanu kad bi nam trebala kakva plaha priča puna čuda koja je godila našem dječijem uho, a za koju smo znali da nije baš "za škole", biva istinita.

Je'nom je upitašmo zašto djeca plaču kad se rode, a ona će ti nama 'vako:

-Isto što i vi kad morate izić iz naninog krila, a ne izlazi vam se, fino vam toplo izjest, popit, svašta čut pa vas ja moram prevarit, biva poslat po šarenu lažu da bi mogla šta uradit. Tako i bebe u majčinom stomaku. Onda dojde melek i veli him, hajte izlazite šta ste zalegli, valja vam se rodit. Neke bebe namah poslušaju, a takve, poslušne ostano do kraja života, a neke nimukajeta, biva, pričaj ti nismo mahniti da se rađamo i na dunjaluku se patimo i muku mučimo kad nam je ovde vako fino.

Onda im melek rekne, vakat se više rodit, hajte dajem vam riječ da se nećete plaho napatit i da ćete lijepo proživit svoje živote. Tad se rode oni koji mu povjeruju i takvi ostanu vjerovat svima do kraja života.

Ostanu samo oni koji nisu lahkovjerni i oni ti zatraže napismeno od meleka da će im životi proći u sreći i rahatluku i melek him dadne, tutne him u rukicu ceduljicu i veli, hajte sad na dunjaluk, i oni se rode. Kako se rode tako skontaju da im nejma one ceduljice, ispala him, il je nisu ni dobili, ko će ga znat, pa vrisnu iz sveg glasa.

-Ih nano, po tebi djeca zaplaču kad skontaju da su ih meleki prevarili?

-Jok oni djeco, ne varaju oni nas neg nam pomažu da se lakše rodimo i služimo Allahu klanjajući pet vakata namaza, dajemo zekjat......ko bi se, boni ne bili, rađo na ovom vakom poganom dunjaluku svojom voljom.

HAJVAN KO HAJVAN

Nas nisu nikad plaho mazili nit su se ustručavali da nam pokažu u kakvom svijetu živimo i šta nas sve čeka u životu. K'o maksum sam volio životinje, a da Bogdo nisam. Mili Bože radosti moje kad n'akav seljak dotjera ovcu zavezanu na kanafi u našu avliju, i još kad rekoše, sine Uzeire, ovo je tvoj Bekan i ti ćeš se brinuti o za njeg Brino sam se i plaho ga zavolio sve do pred Kurban Bajram kad me amidža Hasan probudi sabahile, veli, hodi da ti adžo nešto da. Plaho se obradovah, jer se u onaj vakat nije djeci davalo ka sad. Samo kontam šta li će mi dat. Odvede me iza kuće gdje je pasla moja ovca zavezana kanafom i stade oštrit onaj veliki handžar. Nisam ni sanjo da će do malo izvrnut moju ovcu na leđa, i prerezat joj grlo predamnom, i da ću je gledat kako visi zavezanu za stražnje noge dok je on guli i vadi utrobu da bi meni gurno dva vrela bubrega u ruku i veli mi, nosi, nek ti mati ispeče. Jah!
Poslije toga mi dadoše Grahu, vele ovo je Uzeire tvoja koka i ja im opet povjerovah sve dok mi je je'nom mati ne gurnu pod mišku, zaveza joj noge kanafom i veli, dobro je stisni za vrat i nosi Halidagi. Sav sretan, stišćem moju mezimicu i donesem je komšiji Halidu, a on je samo uze, zavrti je i onako u behutu stavi je na panj i sjekirom joj prereza vrat. Vratim se kući, sav se upiho od plača, a mati mi veli, e beli ćeš fasovat degenaka ako ti je pobjegla.
Je'nom spomenuh materi i ocu kako su mogli ovako nešto djetetu uradit, a oni će ti u glas: haj Bogati pusti, i nama su naši isto tako, malo tuhinjaš i zaboraviš. Hajvan ko hajvan.
Eto ti mog djetinjstva, do dana današnjeg nisam zaboravio, a more bit zato nikad više nisam okusio ni janjetine ni piletine, ko će ga znat. Insan ko insan.

KOD HEĆIMA

U nas se dolazi, šućur Allahu, nije ni za Bajram 'vako. Ha jedni zamaknu eto ti drugih, a zna se potrefit i da je'ni na druge udare. Najprije rodbina i prijatelji od Australije do Kalesije pa od Bužima do Amerike. Vala nam je i dodijalo, ko kad mi nemeremo više igrat oko musafira ko prije, al eto, fino je posjedit i sa svakim popričat, a fino se nekad i na čardačić popet i malo samoće i mira ufatit pa nekog i izbjeć'.

Dojde Fatina daljna rodica Lejla iz Njemačke, a ja se napravih da je nisam čuo pa se pritajih na minderu, bacim pogled na Saraj'vo, a kad mi se oči napune šeherom namah su mi i misli 'na mjestu rahat'.
Rekoh li vam da sam odškrino je'no uho i da sve čujem o čem one pričaju? Jok ja, bezbeli.
Veli Fata njojzi:

-Draga Lejla nek si babu odvela tamo, šta će on jadan bez svoje druge po Hrasnici, taman i da je u Saraj'vu ne bi mog'o sam deverat'. Vako ste mu vi najbliži.
-I tamo je on najviše sam, moja dainice, ko kad mi nemamo kad od posla. Jedino što mu valja je otić kod doktora, jer je oslabio i vazdan ga nešto muči, a oni ga tamo plaho prime, nekad odleži i u bolnici, bude mu fino, paze ga, a i hrana dobra, sve mu na vrijeme. Ko u hotelu, nedo Bog nikome, al eto.
-Beli znade taj njihov jezik?

-Jok on, moja ti dainice i ne treba mu u bolnici, ima dugme pa pritisne, a kad neko dođe naišareti mu šta će. Jedino mora neko sa njim kod doktora. Jest mi bilo nezgodno zadnji put, mogla sam u zemlju propast od stida.

Odvela ga ja, a onaj se doktor nastavio ispitivati, nema o čemu ne pita, bilesi o onim muško ženskim stvarima. Ma reko, nema to on njemu je žena davno umrla, a on će ti meni, ljudi imaju seksualne odnose i poslije smrti partnera. Ima li vaš otac... i on reče ono što samo kod muških bude?

-Šta mu je to, moja ti Lejla?

-Ma ono kod muških, biva može li sa ženom leć'.

-Ah draga, đi će te to pitat pred ocem, sram ga i stid bilo.

-Reko odkud ja znam dragi doktore ko da ja sa njim o tome pričam. Pa pitaj ga, veli on. Radije bi umrla neg ga to upitala. On se smije.

Kad smo izlazili pita me babo šta te ono pito doktor za mene, ko da je znao.

Ma reko ništa, haj Boga ti ko da ti moraš sve znati.

Draga dainice, mene više ništa nije stid ni pitat ni pričat, al ovo ne mogu pa me ubi.

-I nemoj šćeri, đi ćeš sa babom o tome, sramota je.

Slušam je i nešto kontam, more bit je i meni došo vakat da protatam do hećima, a more bit u nas ne pitaju svašta ko u njih tamo, ko će ga znat.

NAKŠIBENDIJSKA TEKIJA

Dojde mi moj Kemal sabahile sa onim šeširom i veli, prije neg mi je i selam nazvo, znaš koga sam sreo Uzeirbeže?

-Koga nisi moj Kemale, od onih pisaca pa sve do načelnika, pratim ja tebe. Jesil pito Avde Sidrana iz koje je on raje?

-Nisam, ali jest on mene. Sve su to fini ljudi moj Uzeire, počevši od onog Borisa, valja izaći na kraj sa narodom i svima ugoditi, pogotovo u kulturi gdje se svako petlja ko s kulturom nema baš puno.

-Nemereš da si pita, bezbeli. Koga si to sreo Kemale pa ti je tako zabremedet, hoš ti rijet više? Jel i taj poznat?

-Nije, sad ćeš čuti.

Neki dan kreno malo uz Potok pa ću na Vratnik i mimoilazim se sa čovjekom, vidim poznat mi. Zagledam se u njega, kontam, jest on je, al mi nešto fali da budem siguran. Nazovem mu selam i pitam da li se mi znamo.

Gleda me čovjek i kaže, ne znamo.

Predstavim mu se i pitam nosi li on kapicu, veli, nosi za namaza. Zamislim ga sa kapicom i sunčanim naočalama....Jest, on je Uzeire.

-Ama ko, govori više!

-Ekrem iz reda derviša.

-Ne znam ti ja nijednog derviša, a kamo li Ekrema.

-Sjećaš li se Uzeire kad si ti pisao o Bajramu pa stavišmo onu sliku čovjeka sa sunčanim naočalama i kapicom?

-Ma, jel to taj Ekrem?

-Jašta je.

Pokažem mu sliku, bilo mu drago, al i ne zna da ga je neko slikao. Uvede me u Nakšibendijsku tekiju, nisam ni znao za nju i pozva da dođem u petak da se upoznam sa dervišima.

-Što u petak moj Kemale, kad su se derviši vazdan sastajali uoči petka, još od Bašeskijinog vakta?

-Ne znam što, al ja odo ako Bog da, oduvjek mi je bila želja da upoznam derviške redove i njihovo učenje.

-Haj pa nam ispričaj šta je bilo.

U tom ti izbi Mute i veli Kemalu:

-Sve se nema, ha Moke, a svaki dan drugi šešir od dvije i po marke sa akcije u Bingu!

-Haj nos'te dobrina što moraš svakog zadirkivat, hrsuze li, da bi li hrsuze.

KAHNIDER SULJAGA

Birvaktile nije bilo viceva ko u današnji vakat, nit se lajalo, biva 'sovalo, tek kad dojdoše partizani u šeher poče narod plaho 'sovat i sve masnije i masnije, a u mene bi mati reci:
-Neću da čujem "je i be" u kući otiće mi sav "beriket" iz nje.
"Tobe jarabu, tobe stakfirula", 'sovat božji nimet, a nadat se dobru. Nemere nikako.
 Onda bi se nana nastavila i po ko zna koji put ispričala priču o kerovima što laju na mjesec i zvijezde kad nejmaju ni našta drugo.
U onaj vakat narod bio plaho veseo iako se živjelo teško i nije mu trebalo puno da se nasmije od srca pa i da zapjeva od srca, a ne ko u današnji vakat sve nešto nazor. Što 'no reče Hazim, kad je umro nakav s televizije, nije ni čudo što je umro kad se svemu smij'o, , biva nazor se smijo i slutio nesreći.
Umjesto viceva narod je prepričavao dogodovštine pa bi i nadodaj samo da bide što smješnije, a Boga mi i masnije.
Tako se u nas prepričavalo kad su Suljaga i Suljaginca hotjeli leć zajedno, biva naumpalo him, a nisu znali kako da se izvuku, jer su prije bile pune kuće pa se dogovoriše da ode prvi Suljo leć u sobu i kad kahne da to bide znak da Suljaginca dojde za njim. Projde i taj vakat, a nikom se ne spava, nastavili se ukućani pričat i smijat, a Suljaginca nikad dočekat da Suljo kahne. Kad joj je više dokundisalo prodera se iz sveg glasa pred svima:
    -Kahnider više Suljaga!
Tako se i Suljaga probudi na svoju sramotu, a ova se dogodovština poče prepričavati po sijelima ko kakav mastan vic i to samo kad djeca pospu.
More bit se ovo ne bi više nikad ispričalo da sva djeca spavaju kad zatvore oči, ko će ga znat!?

S IBRIKOM U RUCI

Baš smo ti mi, starinski insani Allahselamet, nemeremo nikad bit rahat, pa eto ti. Ne umijemo, šta li? Po vazdan moramo nešto dumat, jal unaprijed, jal unazad. Svuđi ti nas ima osim tamo đi treba, biva, sad i ovde.

I dok normalan svijet konta đi će se rashladit, pored kake rijeke il u planinini, a neko će, Bome, i na more, Fata i ja dumamo u koju ćemo kacu pokiselit kupus i hoće li nam i ka'će ćumur doć. Djeca nas ruže, vele, šta će vam ćumur, boni ne bili, pored plina i 'vake komocije, a mi jopet uplatimo preko pemzionera.

Jah, šta ćeš! Ko je ostajo bez hrane, vode, struje i plina zna šta je dever, baš ko onaj što je zatvaran zna šta je sloboda. Sve ti je to u nas bilo, biva nije bilo ni hrane ni vode ni struje ni plina, a Bome ni slobode.

I svega nam je opet došlo samo nam je, me'ščini pameti i ljudskosti nestalo. Mi smo ti živi dokaz da se more živjeti bez svega osim bez duše i da se more ostat bez nje, a da ti se Azrail i ne primakne, jer ti u nas duše stoje nako, "na izvoli" pa ih svaki šejtan i šejtanluk more lahko uzet kad god mu se ćefne.

Dumam ja tako o svemu i svačemu, samo da ne bi dumo o onome što moram kad odnekle izbi onaj moj hrsuz i ko da je znao veli:

-Još malo Uzeire pa će bit: Hadžibeg u ćumuru, Hadžibeg u drvima, Hadžibeg u kupusu i kiselim paprikama.

Veli mi, ugursuz, da bili ugursuz, ko da mi misli čita i ode, izvuče se ko mastan kaiš, a mene ostavi da i dalje dumam u sred ljeta i po ovoj vrelini, hoću li pokiselit kupus u onu velku kacu il u malu?

Meni i Fati dosta i u tegli, ali more ko počet dolazit i tražit rasola, a ja nejmam pa eto ti sramote. Kad li će mi doć ćumur i drva i ko će mi ih unijet. Fata i ja nemeremo a haj se ti na ovom vaktu nekom moli. Nemereš nikog nać ni da mu platiš.

Nije to ko prije čim bi nekom dojdi ogrijev iziđe cijela mahala i što bi reko kekes drva i ćumur u ćefeneku, sokak i avlija pometeni a kahva i himber se pije sa komšilukom. Nejma više toga. Jah! Namah mi postade vruće, valjda od ogreva, a hava mi se ko ušču i poče mi plaho tuknut na kiseli kupus. Haj ti, reko sebi, Uzeire, u đulistan neće li ti opet zamirisat u hladu od hadžibega i jasmina, kad more kiseli kupus mi tuknut u sred ljeta, more bit mi sa ibrikom u ruci izbije i Emina.

Taman fino završio priču kad će ti meni Semira han'ma, preko bašče, biva preko bare:

-E vala neće Emina izbiti jer bi joj Fata zube izbila!

ŽUTO

-Prahnuše mi klepe, a ko će dočekat petak pa polajnak u
Hadžibajrića sa hadžijama, ko i vazdan prije džume, velim Fati
sabahile, a ona ni mukajeta, pravi se da nije čula, ko veli, ko će ih
sukat, biva razvijat jufke i dolmit povazdan.
  -Čude li ti, reko, mene?
  -Ha ja, Uzeire, čudo, bezbeli da čudo. Saće i petak, samo što
nije.
Kako ona to reče tako meni bide jasno da nejma prekorednih klepa
i da mi valja čekat petak. Nejse.
Nego sam vam ovo hotio rijet:
Prošlog petka sa Džume namaza sretoh Sediku iz gornje mahale,
stadoh malo sa njom i za to malo čudoh i ovo:
  -Bezbeli si primjetio, Uzere, da mi nejma zlata na meni?
  -Jok ja, moja ti Sedika han'ma, beli si ga podjelila šćerima i
snahama?
  -Da sam Bogdom, moj Uzeire neg nije bilo nafake.
  -Šta je rijet, moja ti kono?
  -E moj Uzeire kakva sam mahnitura dobro bez glave nisam
ostala. Pošla gospoja kod Rabije na tevhid, nakitila se, nakitila i u
tramvaj. Prijde mi momčić, onako crnomanjast, lijep, majka ga
ubila, i veli:
  -Selam alejk nano, vidim da si fina žena, vjernica pa da ti
reknem da skloniš to žuto sa sebe i staviš ga u tašnu, ima lopova.
Haj što će ti nešto ukrast, al te mogu napast i udarit. Eto ja ti rekoh
ko mojoj nani pa ti vidi šta ćeš.
  -Kakvo, bolan ne bio žuto?
  -Zlato, nano zlato, veli on meni i ode.

Haj reko da ga poslušam, more bit i jest tako te ti ja ono zlato, sve jeno po jeno skinem sa sebe i u tašnju.

-Vidiš ti što ima ove fine omladine pa hoće pomoć.

-Aha, ima, da ne kažem šta, moj Uzeire. Ha ja izađo iz tramvaja onaj ti je isti izišo za mnom, istrgo mi tašnju i pobjego kud ga noge nose. Svo mi zlato odnese, moj Uzeire.

-Haj nek sva šteta bide u tome, moja ti Sedika han'ma. Dobro ti je reko, mogli su te tako i izmarisat.

-Da su me Bogdom izmarisali, more bit bi preživila, a ovako da Bogda, moj Uzeire. Šta ću rijet djeci kad dojde vakat da him podijelim zlato?

-Isto što i meni, moja ti Sedika han'ma. Eto, sad moreš rahat u tramvaj. Haj allahimanet!

MAHALA KO MAHALA

Ha projde Bajram isprazni se mahala niđi živog roba nejma. Samo čuješ konu Hanifu kad se prodere, biva doziva djecu, a djeca je ušutkuju:

-"Samo se ti čuješ mati u čitavoj mahali, što se bona dereš, jesi popila tabletu za smirenje?

I prije su ljudi išli na odmor, neko na selo odakle je došo, a neko na more preko Sindikata. Čitava bi mahala znala đi će ko, kad i do kad i kome je ko ostavio ključ od kuće, a koga je zadužio da mu zalijeva cvijeće. Meščini da je narodu bilo važnije da mu cvijeće ne uvehne neg da mu šta iz kuće ne iznesu, jer se vjerovalo da čuvarkuća čuva kuću, a hadžibeg donosi i održava rahatluk u njoj. Svi smo znali da je u Halidovce ključ staj'o na stepenicama ispod saksije sa ćuvarkućom, a kod Raseme u podpećenim i podrezanim cipelama za okokuće nabacanim je'ne na druge, ko fol da se ne primjeti sve dok paščad ne raznese one cipeletine, a ključ od kuće bljesne nako "na izvoli". Nikad 'im niko nije uš'o u kuću dok ih nije bilo.

Odu na sav glas, a vrate se još glasnije i svima nešto donesu. Tak'a je bila naša mahala od kad pamtim.

A danas... svak' se zavuko u kuće, zamandalio kapije i pođahkad se izvuče, ko mastan kaiš i ode kriomice. Nejma ga po taj vakat.

Projde hefta, dvije, eto ti ga nazad u mahalu, pozdravlja te, selami, merhaba, kako ko, taman ko da te juče ostavio, a đi je bio i šta je radio, o tom nije'ne ne progovara.

Samo se nastavi tamo đi je stao prije neg je otišo, te ne valja država, ne valja narod, ne valja dijaspora, ne valja fakultet u Travniku, diploma iz Kiseljaka...niko i ništa njemu ne valja, a on sav sija kolko se uglanjco i nakav mi drugaciji ko da se sav izoperisavo, gluho i daleko bilo.

Ko zna dokle bi ja 'vako dumo da se Hanifa ne dreknu iz avlije:
  -"Ne derem se, boni ne bili tako ja govorim. Bezbeli da sam je popila, ne bi mogla bez nje živjet."

VALJA NAM DEVERAT

Da more insan začepit uši kad god mu se prohtije pa da ne čuje što ne mora i što mu se ne sluša, meščini, najrahatniji bi bio. Al nemere.

Tako i ja, neki dan iza Ikindije namaza slušam dvojica razgovaraju i kroz priču skontam da je ovog je'nog ko ostavila žena, a ovaj ga drugi ko tješi:

-Moj Mirsade, tako je kako je. Kad je dragi Allah stvarao dunjaluk sve nas je na kušnju stavio, stvorio je ovcu, a šejtan, naletosum kozu, Gospodar 'čelu, a on osu...Dragi Allah čo'jeka, a šejtan, nalet ga bilo, ženu...valja nam deverat, moj Mirso!

NOĆ ŽELJA

Kol'ko sam samo puta doček'o sabah moleći se đah za ovo, đah za ono...tačno me sad bide stid kakve sam sve gluposti i besposlice od Allaha tražio. Ko kad insan i ne zna šta je za njeg dobro, a šta nije pa zine da mu je ovo i ono, ne misli plaho na dalako neg moli za ono što ga sad svrbi i u duši stišće. Hoće li Hamo položit isprve vozački, jal Merima završit fakultet u roku i sa najboljim prosjekom, hoće li mi odobrit da izbijem onaj ćošak, proširim halu i dogradim još jenu sobu....Sve je to tada izgledalo najvažnije za me na čitavom dunjaluku, a danas samo nešto što je trebalo bit pa je eto i bilo tako da Hamo položi iz trećeg puta, a Merima, rodio je babo, završi sve u roku i bide najbolji student generacije, ko kad je vazda bila hairli i pametna. Dobih i ja dozvolu, al da Bogdo nisam, i proširih ono malo kuće, a komšiji Nazifu zasmeta pa me poče tužakat i ne progovorismo sve dok on ne pade na postelju kad i halalismo jedan drugom. Jazuk u šta nam životi prođoše naslonjeni jedan na drugog.

Dok sam bio mlađi uvijek sam se čudio kad bi neko stariji reci da mu je život prošo sad pa sad, biva začas, a u mene dan nikad proć. Evo, ostarih i sve projde što bi dlanom o dlan, a ja se opet najdoh sam sa Gospodarom u dvadeset sedmoj noći, biva noći želja i praštanja, i prvi put ne umijem ništa poželit neg se napokon predajem sav Allahovoj volji i milosti siguran u njegovo određenje. Amin.

IFTAR

-Haman i Ramazan prošo, a nas niko ne zovnu na iftar, veli mi Fata.

-Haj, reko, da i to doživimo.

Valahi se sve izokrenulo pa i ovo, a more bit nas neko i zovne, ko će ga znat?

-Dabogda, ima i prečih od nas. Ko zna kako i ko se u današnji vakat doziva i priziva.

-More bit najprije onaj ko more valjat pa onda ko je srcu drag, da ne griješim dušu ode malo u đulistan jedino mi tamo nejma vakijeh poganih misli što kvare post.

Taman ja niz basamake kad onaj Ifetovcin unuk ulazi u avliju i stade pridame:

-Merhaba dedo Uzeire, poslala me nana da tebe i nanu Fatu zovnem na iftar da nam dragi Allah svima u sevap upiše.....izbifla mali sve u jednom dahu, meščini ne bi ni have uzo da ga ja ne prekidoh.

-Polahko, reko, dijete nestaće ti zraka pa šta ćeš onda.

-Uzeću ja opet zraka dedo Uzeire.

-Bezbeli da hoćeš. Jašta ćeš neg uzet.

Mašim se za džep da mu dam koju bobu, kad u džepovima mi nij'ene bobe, a vazda sam ih noso da imam vako djeci dat, ko kad je dječija ruka malehna i malo u nju stane, a sevap je golem.

-Reko, stander da ti donesem nešto, sa'ću ja.

-Ne treba dedo Uzeire, rekla je nana da ti kažem da mi ne daješ ništa, ne smije od moje mame.

-Haj reko da i to čujem.

Zamače mali i zamandali vrata, a ja brže bolje da Fati uzmem muštuluk.

Nego nisam vam ovo hotio ni rijet. Hotio sam vam rijet kako je plah bio iftar kod Ifetovce. Nije žena, meščini ni sjela, samo donosi i iznosi, a šćer i unuke joj pomažu.

Haj što donosi, al kad spusti nešto na sto i ode po drugo vraća se sve unatraške, biva ne okreće se od nas.

Ne mogodo da je ne upitam.

-'Vako su nas naučili, biva kad se ko poštuje da mu se ne okreće guica, da izvineš. Kad je moj rahmetli Ifet došo da me prosi, meni se tad nije svidio plaho, a sviđo mi se jedan iz gornje mahale. Al haj da ne iskvarim babi, donesem ja prid njih kahvu, okrenem se i odem. Reko, da mu se tako ne svidim pa me onda neće ni uzet.

-I kako te uze bonićko?

-Fino, što ti je sudbina, moj Uzeire, moreš joj i gu'icu okretat kolko hoš, opet će te strefit.

-Jah moja ti, a moreš letat za njom do kraja dunjaluka, ako nije tvoja, džaba ti je.

-Pitam ja njega poslije, Boga ti Ifete što ti mene uze kad sam ti onako uradila.

-Veli on, tad sam te još više zabegeniso.

DA JE SKIM PROGOVORIT

Sretoh Haldovcu, veli, došla mi djeca i unuci iz Amerike pa vazdan leti u granap iz granapa.

-Haj reko šta ti fali barem sad imaš skim progovorit.

-E moj Uzeire, ja se s njima najbolje ispričam kad ih nejma, pa ti vidi.

Zamače Haldovca niz sokak, a ja osta za njom kontat šta mi je hotjela rijet.

HEKLANJE

Kako ovo ne idemo ranije leć, biva nejmamo rašta od Teraviije do sabaha pokratko, Fata i ja oturimo taj vakat o svačem govorit i svačega se sjećat. Ko kad star insan nejma đi naprijed i šta će jadan neg se osvrćat iza sebe i prisjećat koječega. Priča po priča dojdosmo i do Zibe.

-Kad god je se sjetim moram se nasmijat, veli Fata. Bila je nešto starija od mene, a plaho se istegla mogla nam je pitu jest s glave. Huda, nije baš dobro kontala, a najbolje se udala od nas. Dojde nakav plah momak po nju, još višlji od nje i odvede je.

-Biva, ho'š rijet koja slabije konta bolje se uda?

-Jok bolan ne bio Uzeire, nisam to rekla, neg taka joj sudbina bila, šta li.

Sjećam se kad nas je rahmetli Đulsa učila da heklamo, nije mogla na nogama, bila je i plaho stara, a dobro heklala. Ne znam kako je i vidila iglu ubadat, beli napamet . Nejse.

Svako malo mi bi kod Đulse da nešto naučimo novo. Dosta nas je naučila, al Zibu nemogaše. Izhekla ona ko pet maraka gvozdenih veličine i vazda bi oparaj pa sve isponove. Ona bi to tolko isprljaj rukama, a nana Đulsa je sve ko motri nako ispod oka tu njenu muku, a ništa ne govori.

-Odhekla li Ziba tih pet maraka ikad?

-Jok ona, moj Uzeire, neg joj nana Đulsa nije mogla više šutit pa joj reče jenom:

Ostavi ti to šćeri sad pa dogodine oprobaj, il da te ja probam naučit prest vunu.

MUJO I MUJESIRA

Znao sam da se ljudske duše mogu prepoznati i namah se zavole kao da se znaju već nekoliko života, ali nisam znao da ljudska duša more prepoznati životinjsku i da se svaka životinja ne veže isto za svakog insana, baš ko što se insanu nemere svak svidjet, a nemere svakog ni zavolit neg samo onog kojeg mu je dragi Allah već unaprijed odredio, namjenio i dozvolio da sa njim bude sretan, jal da zbog njeg pati čitav život jadan i nesretan što ga nejma i što nije sa njim. Nejse.

Saš čut kako sam ovo sazno?

Pošo ja na čaršiju nako, da protabanam malo, i haj reko, usput mi je da uzmem za po marku klinčića, dobro je u zub turit kad zaboli, jal na peć bacit da nam zamiriše, i prst tarčina da imamo za čaja, a more se i u slatko metnut, plaho zamiriše..., kad me neko zove. Okrenem se, gledam u čojeka...Ne znam ga.

-Ma ja sam Uzeire, šta gledaš krozame ko da me nikad nisi vidio.

Kako se on nasmija tako ga namah poznadoh. Imaš ti ljudi pa ih insan upamti po nečemu, jal kako hoda, gleda smije se, baš ko ovaj Mujo što stoji ovde predamnom i kezi se. Vazda se smijo. Uvijek sam se pito što li se neki ljudi vazda smiju. Čuj što? Osmijeh otvara gvozdena vrata pogotovo ako imaš lijep osmjeh ko što je ovaj Mujo, milconer imo. Sad mu vala i nije nešto, al džaba on se i dalje smije i pravi nakaradu od sebe baš ko neki ljudi, a pogotovo žene kad im ljepota i mladost uvehnu i projdu, a oni se još nešto ko fol drže i prave lijepima i mladima.

-Pa đe si ti Mujo, nejma te ko da si u zemlju propo, nedo Bog? Kako ti je Mujesira? Sjetih mu se i žene. Znam da je imo i sina jedinca.

-Dobro sam Uzeire, a Mujesira mi je preselila, da si ti živ izdrav.

-Allahjojrahmetile, nisam znao, fina žena bila..

-Ma jok Uzeire, nije žena, i ona se Mujesira zvala, a žalivije mi je, meščini neg žene.

Gledam ga i kontam, da nije imo kaku švalerku pa mu umrla, kad će ti on:

-Hajmo Uzeire vamo sjest i popit kahvu. Ovo ti moram ispričat.

-Haj reko da i to čujem, a u sebi kontam, more bit je čojek skreno.

Ko kad je u nas ovaj narod ispamećen pa ga ima kolko hoš što mahnito hoda i samo sa sobom govori.

Sjedosmo mi, dojde konobar, kad će ti njemu Mujo:

-Daj meni kahvu, hanumi himber, a malom lokum.

Gleda onaj konobar u njeg pa u mene pa opet u njeg, pa opet u mene, te mu ja naišaretim očima da more bit ovaj Mujo i nije sav svoj. U tom ti se Mujo grohotom nasmija, udari mene po leđima i veli:

-Vako sam se ja Uzeire vazda zafrkavo sa konobarima, a sad ovi ni mukajeta.

-Donesder nam mali po kahvu.

Ode konobar, a meni bi namah lakše, reko ko bi sad devero sa mahnitim insanom. Nemereš ni s ovima što se pikaju u normalne, a kamo li sa mahnitim.

Samo još da vam reknem da Mujesira nije bila ni žena mu, ni švalerka neg, moreš mislit, mačka i da su se plaho zabegenisali, a kako i što čitaćete ako Bogda u nekoj novoj knjizi. Do tada samo da znate da se više ne ibretim što ljudi drže hajvan po kući, biva mace i cuke, jer u današnji vakat ispade životinja čovjeku veći čovjek, a insan insanu još veći vuk. Jah!

JEZIKARA

Imaš ti ljudi, a još više žena da plahu umiju govoriti, a i maš i onih što ne zatvaraju usta, a ništa ne kažu. Neko vako neko nako, a niko ko naša kona Fehma. Dojde u nas i priča li priča, ispriča se i ode. Nas dvoje ne progovorimo nije`ne, samo se zgledamo i ibretimo, Mislio sam da ona nemere drugačije sve do neki dan. Naje`nom stade sa pričom pogleda nas u oči, jeno pa drugo...taman ja pomislio da će prestat govorit kad se ona nastavi:

-Bome sam ja svojima rekla da pohite kad me budu nosili do mezara.

Mi se opet zgledasmo pa uprijesmo na nju očima, biva da nastavi, kad će ti ona:

-Jenom govorio naš efendija da dragi Allah pošalje Meleke kad ponesu mejta mezaru da pitaju oči šta su gledale, uši šta su slušale, a najviše jezik šta je govorio.

E tu bi trebali plaho pohitit kad budu mene nosili, moja ti Fatma hanuma.

Ode Fehma, a meni se nešto sažalilo na nju, kontam, što ovaj insan umije ostavit pogrešan utisak na drugog inasana to niko drugi ne umije.

POLITIKA

Veli meni komšija Hazim s Teravije:
    -Vala mogo sam i ja, komotno u ovu današnju politiku.
    -Bezbeli da si mogo, ko i svak'. Jazuk što ne primaju nas pemzionere, ubilo se za besposlice.
    -Prije si moro, veli znat govorit, a sad moraš znat šutit, a niko ne umije tol'ko dobro govorit kol'ko ja umijem dobro šutit, moj Uzeire.
    -Pohiti onda i ti u politiku, al polahko, nije ti kasno, nejmaš još ni devedeset, a pemzije male, mora se od nečeg i živit.
I tako mi nastavišmo nabilavat jedan drugom sve do kuće. Jah, mora se o nečem i govorit.

BESJEDA

Nekako su mi od svih muhabeta i susreta najmiliji sabahzorski pogotovo u ovom mjesecu kada su i ljudi nekako miliji i pokazuju, ašćare, da mogu i hoće biti onakvi kakvi bi vazdan trebali biti.
Ne mogu, a da ne pomislim kolika je šteta što nam životi prođoše u interesu i nastojanju za nečim što nam i ne treba i zbog čega i nismo na ovom dunjaluku , a zbog čega se glođemo, krvimo, režimo jeni na druge i postajemo ono što nismo . Jazuk.

MORAŠ UMRIJET DA BI TI VJEROVALI

Požali se meni ovaj naš narod često, svoju muku mi ispriča, a i ne zna me. I svak hoće malo da ublaži i nasmije i mene i sebe nebil' lakše oba podnijeli, ja koji ga slušam, a i on sam koji opet sve proživljava iznova.
Zove me Mersa, nije ti šala, čak iz Njemačke da me pita more li se postit.
-Bezbeli, reko da more ko i vazda.
I ne pitam je postili se tamo, znam da niko ne voli da ga se to pita, kad će ti ona meni sama:
-Evo, Uzeiraga, kako se u ovoj Njemačkoj živi, ručak sam napravila, al ja ga ne mogu jesti. Ne znam šta bi ti rekla? Niti postim pa da se osevapim, niti jedem pa da se ogriješim. Izmješalo insana ko da je u bubnju pa šta god pomisliš ispadne da nije tako, moj Uzeire, što bi u mene nana rekla, moraš umijet da bi ti vjerovali, a i onda ti pogotovo ne vjereju.
-Jah, moja ti Merso, iščupaš insana iz korijena pa ga presađuješ đi nikad niko njegov nije niko. Ne znam šta bi joj reko, a ona se nastavila:
-Mala sam siroče ostala, nana me odgojila. Kad su mog oca našli, nas dvije zajedno išle da ga prepoznamo, nije imo ko drugi. Ja dijete, ona mati, sad sam i ja mati pa je bolje razumijem. Da mi je upola ko ona biti, samo dragi Allah može dati toliku snagu i sabur, moj Uzeire. I dan danas ona upita, jel ono moj Sejo bio, jesi ti sigurna, jok on, evo sve izvirujem neće li okle izbit, možda sam se, veli, zeznula.

Šta'š više o našoj Bosni, ona ti je ko život, teška, a voli se.
Nana svakom veli, nemoj biti tužan Bosanci smo mi, što god je od Allaha je, a i ne smije se na njega, nego mu se po hiljadu puta zahvaljivati, more i gore dat
 -Zapamti đi si stala, proće mi Ikindija, saće i Akšam, pa ti nazovi iza Teravije namaza da čujemo šta je sve deverala nana. Samo pazi da ne potrošiš puno telefona.
 -Ma neću Uzeire, ovo je meni džaba.
 -Čuuj, zar ima nešto džaba u nas se sve plaća?!
 .I ovde Uzeire više neg u vas samo što to Švabo upakuje pa ti se čini da je džaba.

MIRDŽIJA

U mene je Fata, dok sam ono hodo po terenima, imala bukadar načina da odvrati gulanfere od naše avlije i vrati sa kapije. Ha joj neko bide sumnjiv namah mu rekne da joj je čojek mil'coner, zatvori kanate i ode me, ko fol, zvat, onda viri sa ćardaćića i ako taj još čeka znači da je ispravan, a ako je pobjego onda se boji milicije. Još je znala rijet da joj je čojek sve opaso žicom i pustio struju pa bujrum ko misli preskakat tarabe nek preskače ako mu je život dojadio.

Haman sam ovo i zaboravio da neki dan neko ne zalupa na kanate i Fata veli, neka ja ću, biva otvorit. Čujem ja ona nekom govori da joj je čojek policajac u pemziji i da ga ode zvat. Vrati se i viri kroz pendžer:

-Bome ne idu Uzeire, povirider hi, asli su Cigani.

Provirim i ugledah muško i žensko, crnomanjasti oboje sa dvoje male djece stoje i čekaju.

-Odo ja vidit šta hoće!

-More bit prose, ponesi him po marku, nama sevap a na njihovu dušu.

Otvorim. kad će ti onaj čovječuljak meni:

-Ja sam taj i taj pomagaj dedo Uzeire ako Boga znaš. Evo mi došli čak sa Gorice da nas izmiriš, platićemo kolko god treba.

-Šta ću vas ja mirit nisam ja mirdžija, a i da jesam nejma govora o plaćanju.

-On mene vara i pije, veli ona mladica, neki dan se napio i prebio mi mater pa ja otišla od njega, a on letio za mnom i molio da ne idem, kleo mi se da neće više nikad i ja mu rekla da ću mu se vratit ako mi se zakune na Musaf.

-Pa što ste meni došli?

-Da nas izmiriš, dedo Uzeire, mi čuli za tebe sve najbolje.

-Haj onda kad ste toliki put prevalili, s vrh Gorice, nije ti šala. Idi ti Ahmede u mene u halvat, tamo ima ćešma i uzmi abdest, a ja odo po Kur`an.

Ode, bome Ahmet i sve u hodu skida cipele i čarape i završe rukave ko da je od srca nanijetio da je prestane varat i pit.

-Haj reko sad, euzu i bismile i stavi desnu ruku na Musaf a lijevu na srce i ponavljaj za mnom.

Ja, ovaj Ahmet, sin Aganov, kunem se... Bome sve ponovi za mnom što sam ja reko i oni se zagrliše, a on od radosti i zapjeva. Vadi pare iz džepa i gura mi ih, a ja mu ih vraćam. Sve one pare padaju po cesti a djeca kupe i turaju u džepove. Ne htjedo im ništa uzet, a i rašta bi, neg Fata donese nakih boba i čokolada i dade onoj djeci.

Odoše njih dvoje zagrljeni i pjevaju niz sokak.

-Bome si Uzeire velik sevap zaradio, veli mi Fata, a kolko će njima ovo trajat sam Bog zna.

Gledam za njima i neka me milina obli, ne umijem ti rijet što, a umal ih ne vratismo sa kapije.

U PET DEKA

Imam već dugo je'nog ahbaba, Galiba, i on se plaho razumije u sve što je kinesko, jal japansko, ne umijem ti rijet. Napiso je i knjigu o tom, i neki dan mi je donese kući kad je onaj moj nalet Mute sjedio u mene.

-Kakva mi korist od tvoje knjige, moj Galibe kad je na drugom jeziku?

-Stavi je, veli, pod jastuk i do jutra će ti sve iz nje leć u glavu. Da je umijem čitat mogo sam se lahko uvjerit u ono što mi Galib stalno govori, biva da je kineska mudrost plaho slična ovoj našoj mahalskoj, al od birvaktile, jer u današnji vakat, veli mi Galib, ne zna se ko je mahnitiji, Kinezi il Bosanci, i jedni i drugi se slomiše da zatru mudrost svojih predaka. Nejse.

Vako će ti meni Galib:

-Kinezi kažu da ptice ne lete neg ih nosi zrak, ribe ne plivaju neg ih nosi voda.

-More bit moj Galibe, a more i ne bit, ko će ga znat. Neki dan, naša Raza veli da kiša ne pada neg se spušta na zemlju, a mi Bosanci slobodno moremo rijet da ne živimo neg nas život nosi đe je drugom ćejf.

-O tome ti ja govorim, Uzeire.

.Jah, moj Galibe, svi smo ti mi u pet deka, pa ti vidi.

Taman se ja zabrino što onaj moj hrsuz ne progovara ni je'ne kad se javi i Mute, kako samo on umije:

-Sve vas nešto slušam i sad je meni tek jasno. Mi, u stvari, ne jedemo ćevape, već nam ćevapi od dragosti sami uskaču usta.

Hrsuze li nijedan, kad si dosle šutio mogo si i odsle, bio bi pametniji.

AZRAIL

Neki dan kod Emina spomenušmo Azraila, kad će ti Eminovca:

-Kad je dragi Allah davo melekima zadatke, svi slušaju i šute samo Azrail nemogaše:

-Gospodaru, težak je to zadatak i ljudi će me zamrzit.

-Neće oni ni znat da si to ti, jer ću ja objaviti ovako: 'Melek smrti, koji vam je za to određen, duše će vam uzeti...'

-Opet će oni saznat nekako, ljudi su to Gospodaru, znatiželjni i mudri.

Allah se smilova Azrailu i dade ljudima bolest, nesreće i ratove da ne bi Azraila optuživali kako im je on uzeo život. Biva, nije od Azraila umro neg od te i te bolesti, udarilo ga avto, jal od metka, il gelera.

Bome je Azrail bio u pravu i ljudi nekako saznadoše da je on taj koji im uzima duše, al ga nisu zamrzili, jer kad se ljudi nekog boje , ne mrze ga, prije će ga od tog silnog straha zavolit, moj Uzeire.

-Jah, moja ti Eminovce, nek svak radi što mu je određeno. Mi ćemo svoj poso, biva rađat se i mrijet, jal od bolesti, jal od starosti, a nek Azrail radi svoj, sve po Božjem određenju, bezbeli.

Samo znam da ne treba svakom namah i širom se otvarat, mogli bi ti prije Azraila bahnut pa dušu i srce uzet, moja ti Eminovce.

BOŽE MI OPROSTI

Nešto mi pade na pamet, al ne smijem ni rijet naglas neg ću ja vako šapatom pa ko čuje čuo je.

U nas ti je najbolja vjera bila dok je nije ni bilo. Ono što je tad vjerovalo i što je propovjedalo vjeru, činilo je sve čiste duše i bez ikakvog šićara, biva sa pravim nijetom.

Jenom, moj Hamo dojde iz škole i veli:

    -Babo, nema više Boga.

    -Tobe jarabi, tobe stakfirula, ko ti je to reko?

    -Učiteljica.

Spremim se i u školu, pravo u zbornicu. Oni sjede, blehnu u mene i čekaju šta ću ja rijet.

    -Ko je mom djetetu reko da nejma Boga?

Šute. Tišina, moreš je osjetit na plećima kolko je teška i mučna.

Ustade Hamina učiteljica Vukica i veli:

    - Ja sam im rekla, morala sam, takav je školski plan i program, Bože mi oprosti, veli i prekrsti se žena pred svima.

BESPOSLICA

Naumpade mi ovih dana Jusuf, a bio sam ga haman zaboravio. Išo sa mnom u školu. Taj ti je Jusuf nama krv pio. Jesi li bio malo dalje od Vjećnice, gotov si od njega. Stanovali mi podalje od grada, nad Kovačima, i prvi dan škole Jusuf ti se mene svezo i stao me ispitivat, a oko njeg se iskupili oni gradski momčići sve u finim odjelima i šeširima, a u mene fes na glavi, bijela košulja i prsluče, ko da se sad gledam.

Kad god on mene upita nešto oni njegovi ahbabi se grohotom smiju kad ja odgovorim. Vidim šprdaju se sa mnom i sa mojim govorom. Srećom dođe u naš razred jedan Ostoja, odnekle sa Romanije, bilesi sa gunjom i šubarom na glavi i u opancima. Tako se mene projdoše, a ufatiše Ostoju ismijavat. On nakav bio mudar i samo se smij'o dok su se šprdali sa njim, haman sve do velike mature. Poslije se taj isti Ostoja njima plaho zasmij'o kad je završio visoke škole i uš'o u politiku, a ja sazn'o da je onaj isti Jusuf odnekle šljego u Sarajvo kad mu se dedo obogatio trgovinom.

Što vam ovo govorim?

More bit sad Ostojin unuk, jal praunuk odabire po Saraj'vu ko je raja, a ko papak, došljo i seljak. Ko što su njegovog dedu išprdavali tako se sad, more bit, njegovi praunuci šprdaju sa drugima i busaju u prsa, ko oni nake Sarajlije i govna pasja. More bit smo zato ovde đi smo jer nam je tolko zabremedet ko je okle šljego, a najviše onom čiji je neko šljego, a ko nije, moj brate, da mi ga je srest u Sarajvu gradu.

Jenom meni moj Omer od Rogatice, a čak iz Amsterdama, nije ti šala, reče:

-Moj Uzeire, najdraže mi je s`tobom promuhabetit, jedino mi od tebe iz Bosne Bosna dođe i zamiruhi..a Sarajevo mi omili, baš ko prije, na čas zaboravim na ove što ga vazda, ko fol, od nekog brane, pa ispade da su ga samo oni odbranili, i u ratu, a sad ga brane od nas seljaka i papaka, biva dijaspore, u miru. Oni isti što su se među prvima ispalili, a koji nisu mogli noge se ufatit, na dobra se mjesta uvalili. Ne treba nama, Uzeire njihovo Sarajevo i njihova kultura. Umjesto što nama traže papire o porijeklu nek pokažu svoje ako smiju pa da vidimo đe je čiji dedo i prađedo janjce okreto i za koga.

-E moj Omere, haj što se besposlen narod ufatio besposlice, a što vi, ko da nejmate pametnijeg posla?

U OČI GA GLEDA

Pitam jenom Eminovcu, pomažu li vas djeca imalo.

-Bi, da mi zaišćemo, veli, dosta nama dvoma Eminova pemzijica. Znaš kako su u nas žene govorile, kad od djece tražiš u zemlju gledaš, samo svom čojeku moreš šta zaiskat i u oči ga gledat, moj Uzeire.

JEL TI BABO KUSAST

Kad smo mi bili malehni, plaho su nas ovi stariji zafrkavali i pravili šegu sa nama. Bio jedan dedo Namik, od njeg nisi mogo proć da ti šta ne rekne i pamet ti ne zavrti.

-Čiji si ti mali, vazda pita kad mu nazovem selam i ja mu svaki put reknem čiji sam.

-Aha, a jel ti babo kusast?

-Nije, velim, a ne znam ni šta je to.

Najgore mi je bilo kad bi me to priupitaj međ' ljudima, i oni se stanu grohotom smijat.

Gore od ovoga je samo bilo kad te upita jel ti narasla ćuna, da izvinete. Nit mu moreš rijet nit proć 'nako. Najradije bi mu reko našta je nalik, al su se prije stariji plaho poštovali, a ovi mazlumi ko što je Namik su to plaho koristili, i more bit da je hotio fino sa nama, ali nije umio pa nas je 'vako iz pameti išćeravo.

Tek nas je ostavio na miru kad smo naučili da nam je babo kusast, biva bez repa, a na ono teže pitanje odgovarali sa mašala. Samo se osmjehne i veli, neka, na hajr i da je dobro iskoristite. Bi je to išaret da smo odrasli i da nas ne more više svako preć.

A kad bi mi njega priupitaj kud si kreno dedo, on bi nam svaki put isto odgovorio:

-Tamo odakle ste vi došli djeco.

Sve dok jednog dana nije otiš'o tamo odakle smo svi došli, a mi pođosmo za njim, neko brže, a neko polahko, sve nogu za nogom.

O ISTOM TROŠKU

-Što se ovaj narod zabavio oko snijega baš ko da prvi put vidi snijeg u aprilu, znao je u nas i u maju zapast, velim ja Fati sabahile pri kahvi, i sejrim sa ćardaćića po mahali i sokaku.

-Bome je napado, neš se ovog šale kutarisat.

-Ma ovo su ti babine huke, čim sunce izbije ode on.

-Jah, ode kad jadnom narodu potare i uništi što je narod uzgajo i muku mučio.

-Vala će golemu štetu nanijet, rašta je i pado.

-Božje davanje, moj Uzeire, kakvi smo i dobro nam je.

I tako bi mi taj vakat kad se nešto začu, ko da neko doziva sa sokaka.

Ko će ti bit, nakav Rom, traži staro željezo. Gledam ga i kontam što su ovi naši cigani vrijedni, a vazda su u bijedi živjeli. More bit da je do njih, a more bit da je više do nas, ko će ga znat. Samo znam da im nije lahko sa nama deverat.

Nama su govorili od malehna da su svi insani isti, i da smo svi Božji robovi, biva pred Bogom isti.

A što nas je onda, "tobe jarabi", napravio različitim, neko će upitat?

-Ne umijem ti kazat, to samo on zna.

-Jesu li i cigani isti ko mi?

-Bezbeli da su isti i oni su Božji robovi.

-Pa što onda hoće da nas ukradu, da nam odsjeku noge i ruke, oslijepe nas i da prose sa nama?

-Hajte djeco na jaliju, igrajte se. Samo dragi Allah sve zna, što je to tako.

-Kako su tebe plašili, bonićko?

-Mene vako: da su me cigani čergaši izgubili i oni me uzeli sebi, i ako ne budem slušala, ha se cigani vrate, oni će me dati, ja mahnita naroda, Allahu mili. Nisam smjela izić iz avlije kad bi čuj da su neđi čergu razapeli, sve dok ne jave da su otišli.

-Jašta smo neg mahniti, u nas ti ne valja bit ni viši, ni manji, ni pametniji, ni gluplji, ni bolji, ni gori, nit ružniji pa ni ljepši od ostalih, a kamoli crn, jal žut, ne do ti dragi Allah.

-Pa kakav ćeš onda bit, moj Uzeire, moraš bit nekakav?

-Moraš, bezbeli, a kakav si god nekom ne'š valjat. Zato ti je najbolje bit 'nakav kak'og te je Bog dao, a život napravio, kad nemereš nikad valjat onda barem budi to što jesi o istom trošku.

MRAZ

Prije bi mi, kad su ovi mrazevi, iznesi, haman sve iz kuće da se izmrzne preko noći, a sabahile bi nama djeci bilo zabremedet kad mati skida sa štrika posteljinu skorenu ko pečena jufka, slaže nam je u naramak i veli:

    -Polahko djeco, nemojte prelomit babinu košulju neće imat u čem' na pos'o otić'.

ZNAKOVI

Neki dan bio u Emina i pri kahvi nismo zadugo šutili, jer mi Emin opet ispriča onu priču o stidu i znakovima koje donosi.
Saslušasmo ga i samo se zgledasmo, a Eminovci bi neugodno što joj je čojek zaboravan i jednu te istu priču ponavlja pa mi ispriča ovako;
    -Birvaktile, kad se živilo samo od svog rada, a Bome i od lova i ribolova, pošla trojica lovaca sa različitih strana dunjaluka da ulove nešto za večeru.
Sve preturiše i nigdje ništa ne najdoše sve dok ne dojdoše u isti čas do jenog jezera i tamo ugledaše naku tičurinu, ko da nije sa ovog dunjaluka, kako se napaja. Dugo su je zagledali i ovaj jedan veli, išaretom, ovako nešto nikad nismo vidjeli, ovo je neki loš znak, desiće se neko golemo zlo.
    -A ja vidim dobar znak, ova 'tičurina će nam donijeti svima napredak, naišareti drugi lovac.
Treći samo šuti i gleda 'tičurinu te ga oni upitaše šta on vidi u ovome?
On pokaza na usta, biva vidi samo večeru, ubi onu ticu i odnese je svojima.
Šutimo svi i dumamo kad će ti Emin sa mindera:
    -Taj je garant bio švabo, a ova dvojica su naša.

SVE NA JEDNOM MJESTU

Dojde onaj moj nalet maloprije sav ko poplašen i veli:
-Šta misliš Uzeire, napravit etno selo u sred grada? Niko ne bi
moro nigdje ić. Sve imaš u par koraka.
-E moj Mute, sve sam dosad mislio što kokuz more smislit da
nemere niko, a Bome vidim da besposlica more i više.
Neg, kad te je tako krenulo s gradnjom, mogo bi napravit i
piramidu u sred grada, da ne idu čak u Visoko, taman da je metar
sa metar. Nek je sve na jenom mjestu.

RAHATLUK

Pojdem da napišem neku od ovih naših teških i preteških istina pa se predomislim. Ima ih i previše, žao mi narod bihuzurit i prisjedat mu na muku, podsjećat ga stalno ko smo i kakvi smo, na kakvom dunjaluku živimo i borimo se svi za komad neba, komad sunca, koricu hljeba... i malo janjetine sa ražnja ako može, što bi reko onaj moj hrsuz Mute.. Prebirem po sjećanju ne bil mi naumpalo nešto fino što će svima ozariti lica i razblažiti svakodnevnu muku i čemer. U svom ovom našem jadu i belaju bide i poneka bogda sreće i radosti, tako sićušna i nedovoljna da je brzo smetnemo sa uma i zaboravimo, a sa svih strana samo nam poturaju tuđe belaje i nesreće, a nismo još ni svoje prebolili, jer nejmamo kad od drugih što po vazdan nadolaze i smjenjuju jena drugu. Jah!

KAMENOVANJE

Kad god mi naumpadne da nekog opanjkam, jal mu preberem mahane i grijehe sjetim se šta je, pokojni, fra Jozo govorio kad su naku, anamo njihovu griješnicu hotjeli kamenovat, a Isa pejgamber se podigo na njih i uzvikno:

-Ko je bez grijeha nek prvi baci kamen.

Nisam ga nikad priupito baci li iko kamen na tu jadnicu, ali znam da će ga u današnji vakat prvi bacit onaj sa najviše grijeha i mahana, pa za njim svi ostali. Čast izuzecima!

POVRATAK

Kad god čujemo da se neko vratio u Bosnu navale nam svakakve misli. Oni što se još ne vraćaju, i oni bi iz ovih stopa samo da ne moraju još nešto il nekoga namirit, a ovi što ih dočekuju se ibrete, šute i kontaju:
-Ja budale majko moja mila. Baš da vidim dokle će izdržat?
Meni bide drago kad god čujem da se neko vratio i jedino što pomislim i znam je:
Kad je'nom odeš ne vratiš se više nikad isti, i ne budeš nikad isti, ni ti ni ono što si ostavio, pa ti vidi!

SJETUJE ME MAJKA

-Šta li ove današnje matere govore šćerima kad se hoće udat? Pita me Fata sabahile pri kahvi.

-Ko majke, savjetuju ih za njihovo dobro, bezbeli, prenose sve ono što su one naučile od svojih matera.

-Jok one, moj Uzeire, meščini da u današnji vakat govore što nikad govorile nisu, zato him se brzo i vrate.

-Šta će him to govorit?

-Asli, da ne trpe puno i da se imaju đi vratit.

-Ko će ga znat šta ko kome govori u današnji vakat.

-Meni je moja mati govorila: šćeri Fatima, dobro me poslušaj i zapamti, muškinju ti je najdraži miris domaćeg hljeba, ako hoćeš da ga zadržiš nek vazda kuća miriše na tek ispečen hljeb. Nemoj da bi mećala sud u sud, oženiće ti se, bonićko, na te.

-Jest vala, dobro ti je govorila za hljeb, a ovo za suđe, ko zna, more bit je i tu bila u pravu dok nisam doveo još jenu na te.

-Znala mi je rijet, nemojte nikad safun iz ruke u ruku jeno drugom davat.

-Što li to?

-Čuj što, da se ne bi zamrzili, moj Uzeire, a more se tako i mujasil dobit.

-Ih, sad ga vala prećera.

-Jok ja. Jesmo li mi ikad davali safun iz ruke u ruku?

-Nismo, kolko ja pamtim.

-Jesmo li se zamrzili?

-Nismo.

A nejmamo ni mujasil, fala dragom Bogu. Eto vidiš da je tako.

-Bezbeli da je tako, čim nije drugačije.

TETKE

Čekam Fatu na čardaku da uznese kahvu i o`škrinem malo pendžer
prema sokaku i čujem kako dvije djevojčice razgovaraju.
Pita ova jedna drugu:
 -Šta ćeš ti bit kad porasteš?
 -Ne znam, još sam ja mala.
 -A šta bi volila da budeš ?
 -Tetka iz Njemačke.
 -Onda ću ja bit tetka iz Amerike, to je još bolje, ova će ti njojzi
sva ponosna.

PISMO IZ AMERIKE

-Dojde vakat o kojem su naši stari govorili kad će ljudi moć čut i vidjet je'ni druge s kraja na kraj dunjaluka, velim ja Fati iza Jacije namaza.
Nisam ni izgovorio do kraja kad telefon zazvoni i pripade me. Što li se ovaj jadni insan vazda štrecne kad telefon zazvoni ko da je telegram pa samo smrtne slučajeve dojavljuje?
-Vidiš da je istina Uzeire, veli mi Fata, evo te naka hanuma zove, nije ti šala, čak iz Amerike.
-Reko, ko je to u ova doba?
-Ona tetka iz Amerike, ona će ti meni.
-Kako je reko bit teka iz Amerike? Ne znam šta bi je pito.
-Fino Uzeire. Nego sam ti ovo hotjela rijet, kako bi ti reko:
To što ti pišeš i radiš je neprocjenjivo bogatstvo i stvarno ne razumijem, trebalo bi biti podrške na svim nivoima.
Jedini koji si se usudio takav oblik književnosti koristiti i dokazati nam svima da se svi pravimo blesavi.
-Bezbeli, moja ti da se pravimo blesavi, more bit zato mene kriju ko kako neprocjenjivo blago, na svim nivoima, da ne bi ko za mene sazno.
-Neg imal naših tamo?
-Ma ovdje gdje ja živim ti je ko da si uzeo kartu Bosne i Hercegovine i skupio u šaku i onako izgužvanu nas sve smjestili jedno do drugog.
Ja ti živim ovdje u naselju koje zovem naša mahala. Imam lijepe uspomene, djeca su nam rasla i družila se, čuješ u jutro kako Dina zove Mirsu preko sedam kuća i pita je li se naspav'o, ori se ulica, djeca se svađaju na ulici na našem jeziku...

....i odjednom nešto je zamuklo...djeca odrastoše i odoše, roditelji se opariše i samo gledaju ko kakvo auto vozi, kome kamion sa namještajem stiže, umjesto selama ujutro čujes samo usisivače...haman ko u Bosni. Svi se molimo dragom Allahu da nam životi budu ko na fejzbuku, a moja kona Hajra veli:
    -Džaba mi ovo sve kad mi niko od mojih ne vidi.
    -Jakako će bit neg ko u Bosni đi god ima naših, moja ti, a jadni narod svud devera i na svim nivoima, velim ja njojzi.
    -Neg ti nama dođi, moj Uzeire sa svojom hanumom, ovdje narod oboli, a treba mu duševne hrane. Niko ko ti ne umije našem narodu dat ono što mu treba.
    Stade me ona falit, lijepo mi bide neugodno i ja je prekidoh.
    -Neka reko vas tamo, haj Allahimanet, idem ja leć.
    Lego ja Bome, al neće san na oči. Kontam, odkako se ovaj dunjaluk smanjio sve postade ko jaje jajetu slično i svak svakog more razumjet šta govori, a niko nikog nemere očima gledat, a kamo li skontat kako mu je. Baš ko u mene Fata što sva rahat hrče i briga je što ja neću noćas opet oka sklopit'.

HRSUZBAŠE

-Ka`će ti onaj Mute nanić, pita me Fata?
'Sa`će.
Ha šejtana, naletosum, spomeneš eto ti ga i pita me s vrata:
-Ti ono Uzeire znaš sve o sedam braće?
-Znam ponešto.
-De mi onda reci jel Sedam šuma bilo njihovo?
-Noste , dobrina, zar nisi imo ništa pametnije pitat.
-To mi je prvo naumpalo.
-Imaš li ti kak`ih jarana osim mene, beli zaakšamlučite po
đahkad?
-Ma jok ba Uzeire, nema toga više, što se akšamlučilo
akšamlučilo.
-Kako nejma, vazdan je bilo i biće.
-Ma ima al ko voli kakog cinganluka pa kad se malo popije raja
fura samo crnjake.
-Što to moj Mujo, vazda se znala da su akšamluci za fine raje,
finog muhabeta , sevdalinke, saza i ko umije popit.
-Nekad bilo sad se spominjalo, moj Uzeire. Sad sve nešto nazor,
raja jedva čeka da se napije, na brzaka i zapjeva, a onda počnu
jedni drugima na nos nabijat. Ne umije ti više niko fino popit ko
prije.
-Kakav him je to akšamluk i govna pasja?
-Kad se napiju spomenu ti sve od onog klikera šestoperca što si
mu ga mazno, pa kad si ga ostavio da ga Faćina raja prebije, il ono
što mu nisi čuvo leđa kad je bunario po vozovima pa ga murija

- 121 -

safatala a ti mu nisi došo ni u posjetu kad je odvalio šest metara robije.

Kad se nastavi nikad prestat. To su ti današnji akšamluci, moj Uzeire.

-Nisi valjda to sve radio jaranima, moj Mujo?

-Ko će ga znat, moj Uzeire i ne sjećam se više, kad bi ja tako nabijo na nos svakome ko me izradio samo bi to i radio, ne bi imo kad ni zašta drugo.

-Tako i jest moj Mustafa , treba halalit i natavit živjet u rahatluku skim se može.

-Sad ti je kod nas najnoviji fazon prozivati dužnike po fejzbuku i svakom tražit dlaku u jajetu. Ako si valjo prije rata, nisi u ratu. Ako si valjo u ratu zasro si, da izvineš, poslije. Nemereš valjat da se na glavu nasadiš.

Zato ti Uzeire pripazi šta pišeš, mogo bi se kome zamjerit.

-Jok ja, šta se imam kome zamjerat i od kog ću se pazit ?

-Imaju kod nas hrsuzbaše, kako no ti jednom reče za mene, a oni imaju vojsku hrsuzčića koje napucavaju baš ko paščad kad hoće koga srušit.

Kad je to udarilo na Tifu udariće i na Halida , a kamo li neće na tebe, moj Beže, Hadžibeže

-Ma to je od ove zime, dodijalo narodu pa se natakarilo jeno na drugo. Proće to čim prvo džemre udari u zrak.

-Aha, hoće al kad atomska udari i zdesna i s lijeva.

-Haj nos'te dobrina i tebe i tvoju priču kad te išta i upitah.

NIKAD BOLJE A NIKAD GORE

Ha u nas krene ko malo nabolje pomole se nake ublehe iz budžaka i počnu bacat smutnju međ narod. Svak se od svakog počne branit i eto ti belaja.

A jadni narod koristi svaku priliku da se pomiri i živi u slozi i poštovanju. Nemere, jer mu ne daju ovi što su uzjahali i jašu li jašu, okrećuć` je'ne protiv drugih, a sve samo za svoju korist.

Halalosum sve ove godine što sam ih nabr'o u deveru i belaju ako naša djeca i njihove djece djeca dočekaju da ne dočekaju kak'og rata koji im je ovdje, meščini, suđen po rođenju.

Nikad nam nije bilo bolje od kad pamtim, a nikad ni gore. Ko kad tako samo u nas more bit. Nek' vlast vlada u miru, kak'a je god. More bit' samo bolja dok je mira, a svaka je vlast bolja od bezvlašća, bezbeli.

Nek' potraje 'vako što dulje, nek se sve slegne, more bit' i narod dojde do kak'e veće pameti neg' što je sad, jer kakav narod tak'a mu i vlast, kažu, al u nas nije ništa nako kako jest i kako kažu pa ti vidi.

HOOOP DOLE!

-Vala si i ti našo o čem ćeš pisat', Uzeire, veli mi Fata sabahile pri kahvi u nas na čardačiću.
-Ja o čem ću, bona ne bila, zar pos'o nije najvažnija stvar u životu.
-More bit nekom i jest, nama asli nije. Daj ti narodu kake razbibrige i besposlice, dosta him je njihovih belaja još him ti stao na muku pristajat.
Što ne pišeš o snijegu ko svak. Vidi ove ljepote, dragi Aljah dao da se raziđe onaj smrad i prekrio vas poganluk, dunjalučki i insanski ovom bjelinom. Saraj'vo nam opet lijepo ko što je vazda bilo.
-Bezbeli da je lijepo, ja kako će bit neg lijepo.
-Piši Uzeire kako smo se birvaktile plazali niz sokak, sjećaš li se kad si ono ti mene natjero na ligure da sjednem pa mi se dimije podvukle i mi ti se prevrnemo u snijeg, čitava nam se mahala smijala.
-Jah, mladost ludost.
-Mogo bi narodu rijet kako se prave ligure, jal šlićure, more bit neko nemere djetetu kupit pa nek napravi ko što smo mi pravili. More bit je Fata u pravu, ko i vazda. Saću ja vama rijet kako će te napravit djeci šlićure sad pa sad:
Ako vam dijete nejma šlićure lahko vam ih je napraviti. Izrežete dva komada drveta iste veličine malo zaobljena na vrhovima. Najbolje od kake gajbe ako se more donijet iz preduzeča. Ako nejmate u preduzeću zamolite Seju iz zelenare da vam ostavi je'nu.

Zabijete po dva eksera na krajeve i omotate špagom, špagu pričvrstite sa razvaljenom štipaljkom po želji i veličini noge vašeg maksuma.

Ako hoćete da vam brže piće potkujete ih sa lastrom i podmažete lojem. Kada je i to gotovo, spremne su za šličuranje. Šličura se tako što se stane na šličure i to sa vrha sokaka prema dole i vikne se iz sveg glasa Hooop dole! Pa đi se ko zaustavi, bezbeli.

    -A mene baš zanima hoće li na današnjem vaktu iko napravit djetetu šlićure ko što smo mi svojoj pravili? Dabogda!

TUĐA NAFAKA

Iziđo sabahile da vidim jel kaldrma poledila, more neko, nedo Bog svratat, kad onaj moj nalet Mute, razdreljio košulju haman do pupka, da mu se vidi onaj lanac ko prst debeo, da izvineš, a sve mu se po onom kadaifu inje ufatilo.

-Uranio Hadži Beže?

-Kud si to ti kreno brez kola, da neće Israfil u sur puhnut, "tobe jarabi, tobe stakfirula"?

-Jok on Uzeire, čeka ovu tvoju treću knjigu pa će onda.

-Načekaće se onda, bezbeli.

-Neg da te priupitam: Ti ono jednom reče da svako ima svoju nafaku i du mu je niko ne može uzeti.

-Jašta radi neg ima i nemere mu je niko ni dat ni uzet sem dragog Allaha.

-Šta je onda s ovima što tuđu nafaku beru, moj Uzeire?

-Koji su to moj Mujo?

-Čuj koji, moj Uzeire, kreni od političara pa sve do onog Mehe iz vodovoda što zavrće vodu narodu kad Bimo naredi. Svi oni sjede gdje bi neko sposobniji trebo sjedit i beru li beru tuđu nafaku. U nas jedino Merlinu nemereš uzet nafaku, moj Uzeire, ko kad je čarobnjak.

-E vala su prećerali s ovom vodom preko svake mjere.

-Jašta su, neki dan me zove Zoka, veli, nemate vode, nemate struje, bombe vam rokaju po Sarajevu, a mi čete nemamo ništa s tim.

-E sad si ga vala baš zeleno uzbro, Hrsuze li jedan, da bi li hrsuze.
Haj nek sam i ja tebe je'nom našo da mi ne umiješ odgovoriti.
E moj Mujo, ovi što beru tuđu nafaku, to him je nafaka, nedo Bog
nikome taku nafaku brat. Zato nam i ode sve u helać.
　-Ja ti odgovora Uzeire, moraću preć kod drugog psihoterapeuta,
ti ne pratiš ove moderne tokove.
Haj nosi te dobrina, idi đi hoćeš i pokri taj kadaif sve će ti to otpast
do Peštinog granapa na ovom mrazu.

HEĆIM

Bio u nas hećim, internista u Domu zdravlja i plaho mu hedija bila draga, a najdraža u parama. Ako nejmaš para, baš ko pravi internista svega te ispita, biva, šta umiješ radit i moreš li mu đi valjat. Ako ne umiješ parket postavljat u stanu onda moreš na vikendici malter miješat i irgetit. Dokle bude posla do tad ti bolovanje otvori i još te od sebe počasti je' nu heftu za tvoje potrebe. More bit je i u vas jedan takav bio, ko će ga znat.

Nejse. I ovo se o njem prepričavalo, svak je za to znao: Došla njemu je' na žena iz daljnjeg na pregled, ko sa Ilidže jal Butila, ne umijem ti rijet, kad je završila dade mu sve para što je imala. Taman pošla kući kad se sjeti da nejma za tramvaja. Zaiska ti ona njemu kusur da ima za karte kad će ti on njojzi:

-Šta ti je ženska glavo nismo na pijaci.

I moreš mislit ne dade joj za karte. Drugi put ona došla na pregled i tutnu mu plavu kufertu i ode. Kad je zamakla on je otvori kad kuferta prazna.

O tom se dugo pričalo, sve dok nije preselio. Kažu da mu je dženaza bila golema i da mu je svak halalio, ko mahnit narod. U današnji vakat takvih na pasja preskakala, al niko više i ne priča o njima, neg samo daju i šute.

-I ti vazda najdeš o čem ćeš pisat, veli mi Fata, samo barćeš šejtana, nalet ga bilo, nek ti sutra zatreba hećim, neće te ni primit. A more bit i nejma više takvih, šta ja znam, ne bi se nikom zamjero, ko zna kad će ti ko zatrebat, a hećim ponajprije...ima Fata pravo.

NEĆKA I HOĆKA

Sabahile u nas na ćardaćiću pri kahvi veli meni Fata iz čista mira:
-U mene nana mi je znala rijet, sine Fatima nemoj se plaho hihotat prid momcima, momci ne vole kad se cure hikoću.
-Dobro vam je nana govorila, odkud ti to naumpade da se neš jope udavat.
-Jok ja gluho i daleko bilo.
Došle nam komšije na sijelo i poveli sina, ne znam što. More bit da išću u mene rodicu, a mene spopo nakav smijeh.
-More bit su ga i zbog tebe doveli, da te išću za njeg?
-Jok oni, rodica bila starija, aonda se gledalo da ide po redu. Nije vala ni bio kakav naočit, ne bi ga ni hotjela. Tako se ja mislim u sebi, a ne mogu se prestat smijat s rodicom.
Veli ona meni kasnije, taman da je i zbog mene došo, nije vala kakav, nek smo se smijale, ko ga šiša.
Nana nas presjecala pogledima, a mi ni mukajeta. Kad oni odoše, ona se hujnu na nas i veli:
-Udajite se cure ha vas ko upita, ako neće Nećka hoće Hoćka pa se vi dobro hikoćite pred momcima.

LJETOPIS BAŠESKIJI

E moj Mujo,
Kad ne znam više kome bi, jer znam da ovo neće mnogi plaho
begenisat, a nemere u meni ostat, sjednem i napišem tebi.
Dobro si ti ono je`nom zapiso prije trista i kusur godina:
  "Bosanski svijet je čudnovat svijet, naivan je i neznalica, sličan
ovci. Ako neko nekog pohvali svi ga u tom slijede i to ide kao
lanac. Međutim, ako domalo iza toga istoga neko pokudi opet ga
slijede."
Kad bi sad, nedo Bog, iz mezara usto, moj Mula Mustafa, odmah
bi skonto što su vliko zavrli. Je`nu heftu oko Dine, drugu oko
Miljenka a treću heftu, moreš mislit, oko nakog trotovara dok
država propada, a mladost ode "kud koji mili moji".
  -"Allahselamet, pa eto ti".
Neka tebe đi jesi, dosta si ti izdevero u ovom našem tamnom
vilajetu. Valja i nama isto, ako ne i gore deverat.
Samo da ti još i ovo reknem:
  Bo`me si i ti od iste japije kad domalo iza ovog zapisuješ:
Bosanci su kratko rečeno razboriti ljudi.
Nas dva ko kake materešine kad ruže djecu, haj nek hi ko drugi
zaruži kukala mu majka.

E MOJ MUJO !

Je`nom ti ono reče, saće tome i trista godina, kako znadeš hejbet insana koji se računaju u pametnjakoviće a nejmaju ni pameti ni zdrava uma te him se pilav često raskaši, biva, brzo ih provale. U današnji se vakat takijeh namnožilo ko nikad prije, moj Mujo, svak pametuje i mudruje, a pameti niđi nejma.
A kad him se pilav raskaši, biva, kad hi provale, oni ni mukajeta, neg nako bez stida i srama, ko što se samo bez pameti može, pametuju li pametuju.

VAZ

Veli ti nakav mazlum našem hodži poslije Džume namaza:

-Imam puno prijatelja na „fejzbuku" što su preselili na ahiret pa ne znam šta ću sa njima. Smijem li ih izbacit ili da ih ostavim?

-Radi šta hoćeš, veli mu hodža, tvoj ti je „fejzbuk" ko i tvoj život, sam biraš skim ćeš kako ćeš i dokle ćeš. Ako ih ostaviš moraćeš im svaki put predat rahmet i proučit fatihu.

Nešto kontam, Allahu dragi našta je ovo izišlo da nam hodža u našoj džamiji vazi o „fejsbuku". Asli smo svi mi neđI preselili, neko na „fejzbuk", a neko na ahiret, samo nas nejma tamo đi bi trebali bit, u svojim životima.

MJESTO U TRAMVAJU

Imaš ti ljudi koje brzo zaboraviš iako si snjima proveo dosta vremena. Imaš opet ljudi kojih se jedva sjetiš, a imaš i onih koje nemereš nikad zaboravit jer su uticali na tebe i tvoj život da bude onakav kakav je i bio. Bez takvih ljudi sigurno bi bio drugačiji. Možda bolji, a možda gori, ko će ga znat. Jedino u šta sam siguran je da bi bio drugačiji.

Je`nom ono neko reče za nas da valjamo samo za hastalom, biva za punom trpezom, i na dženazama. Sjetih se ovoga neki dan na Grlića brdu kad smo svi u isti glas halalili Muradifu Moriću zvanom Murga i učili mu "Fatihu".

Otrasmo lice suhijem rukama i pogledašmo se. Moreš nas na prste prebrojat što smo ostali. Ha insan pređe osamdesetu nejma mu više ko ni na dženazu doć od ahbaba, samo nas dva đuturauma iz mahale i nakav čo'jek, ne zna ga niko, što hoda vako po svim dženazama. Svi zinuli u nas trojicu đuturuma, ko vele, šta vi čekate, samo zauzimate džabe mjesta u tramvaju.

Pojdosmo niz Grlića brdo, pored Vidikovca, a dole se Sarajvo ukaza ko kakva prijetnja i pitanje:

-Ko je slijedeći iz ovog 'vlikog šehera ?

Ha dojdo svojoj kući pita me Fata jel bilo kog poznatog i kolka je bila dženaza.

-Kolka će reko bit kad čo'jek umre u osmdeset i nekoj. Ko hoće da ima velku dženazu nek pohiti ranije mrijet.

-Sjećam se ja Murge, Uzeire, išla sam i ja u školu dok me babo rahmetli nije vidio u trikou kad smo radili gimnastiku u školskoj avliji. Iz istih stopa o' šo kod direktora i digo me iz škole. Veli direktoru, neće moju šćer vlahadija gledat golu. Jok!

- 133 -

Direktor ga odvraćo, a on ni mukajeta, svakako će se udat, šta će joj škola.

Hej, meni bi drago što ne moram ić u školu, koja sam ja budala bila.

-I onda dojdo ja da te išćem u tvog babe. Sad je meni jasno što te on nako brzo meni dade. Ko veli, ko će je brez škole.

-Ma jok Uzeire, znadeš da se u onaj vakat žensko nije školovalo plaho.

-Znadem.

S Murgom sam ti devero dok nismo legli, a kad legosmo, neće san na oči, sjećanja mi navriješe hoće da prekipe baš ko mlijeko kad počne nadolazit.

I mi smo ti nekad bili živi, more bit življi neg vi danas, a i vi ćete jenom nekom bit samo na smetnji i zauzimat džabe mjesto u tramvaju.

Hajte vi sad svak za svojim poslom dok ja ne posložim sjećanja i ne poredam ih u priču o mom školskom drugu Muradifu Moriću zvanom Murga. Imam i o kom, a Bome i očem.

VUKOVI I VUČKO

Sabahile me onaj moj nalet Mute pita:
    -Uzeire, ima li uspješnih sarajlija u Sarajevu?
    -Odakle ću znat, bezbeli da ima samo hi ja ne znam.
    -Možeš ih na prste prebrojat, moj Uzeire, i mi ih odma
proglasimo šupcima. Zato u Sarajevu mogu uspjeti samo došlje
    -Haj nosi te dobrina, nek uspjeva ko god hoće.
Vako on meni baci bombu i izvuče se ko mastan kaiš, a mene
ostavi da dumam po taj vakat.
Dobro je Hazim ono je`nom reko:
    -Vuk se nikad nije najo kod svoje kuće, pa neće ni Vučko,
bezbeli.

RODBINA

Odškrino kapiju da provirim na sokak, reko neće li ko naić da skim progovorim , a ako naiđe ko dosadan da pobjegnem u avliju, da me ne vidi, kad eto ti onog mog naleta, Muteta.

-Kome si to ti komšija čeku opalio, da neće poštar izbit i donijet kakvu vanrednu penziju, veli mi?

-Jok ja, nikom,a pemzija je neki dan bila, vakat je i za drugu, haman se i potrošila. Kud si to ti hodo ?

-Obilazio rodbinu sa djecom, nek djeca znaju ko im je rod.

-Aferim, i treba obilazit rodbinu, to je u nas farz.
A đi su ti djeca, beli ostali sa Vesnom?

-Ma jok, eno ih u kući.

-Pa kako si obilazio rodbinu sa njima, a oni u kući?

-Fino Uzeire, trazio familiju po internetu i fejzbuku, i kako mi ko izađe objasnim djeci šta im je ko u rodu, i ko je šupak, skim se može i što, a skim ne može ni pod razno. Nek znaju djeca ko im je prijatelj i da onaj Vejsil, amidžić hoće da klepi dedovinu u Ahatovićima samo za sebe.

-"Allahselamet"!

-Šta'š Uzeire, bolje i tako neg ih obilazit od Visokog do Širokače i od Širokače do Kobilje glave, nosat hedije, pomagat, i opet Mute najgori. Treba ba, pod hitno izdat fetvu i okrenut to na sunet, Uzeirbeže.

-Nosite dobrina, nije te stid ni pričat.

-Šta me ima bit stid, sutra ću i ženinu obić vako, fino sa djecom oguglat, svakako su i oni oguglali na mene.

-Haj ti guglaj, oguglo dabogda, kad te i upitah !

U OČI TE GLEDA

Veli meni Hazim:

-Eno Osman počeo opet hodat po mahali i selamat sve živo, bilesi maksume po sokacima.

-Što li, moj Hazime?

-Čuj što, moj Uzeire, saće izbori, valja him se opet uhljebit, duge su četiri godine.

-Jes valahi, baš ko duhovi, nejma hi četiri godine da se ukažu, samo hi na televiziji moreš vidit, a ha se izbori približe, eto ti hin, ko fol, i nas da obiđu.

-Bilesi se po Fejzbuku s narodom sprijateljuju.

-Dijeli li načelnik kake hedije?

-Jašta radi, on ti uvijek započne snama pemzionerima, mi smo mu najjeftiniji. Prije je davo u parama, a sad nas kupi za šaku mliva, litar ulja i malo pilava.

-Biva sve smo jeftiniji? Što si uzimo, moj Hazime, sad moraš za njeg glasta?

-Ja za kog ću, moj Uzeire. Ako glasam za nekog drugog neš ništa, taj će ti u druge mahale počet dijelit.

-Svašta!

-Jašta, moj Uzeire.

Vodio nas je i na Igman, svak dobio po tanjir graha, al si moro taj vakat čekat u redu. Dobar mu grah bio.

-Nije njegov, moj Hazime, svi smo mi taj grah platili. I to debelo.

Nešto kontam, onaj naš komšija Adem iz stranke ispade najpošteniji kad me je ono pito da za njeg glasam.

Ko da će nam stobom bit bolje, velim.

Bezbeli da neće, moj Uzeire. Vama isto, a meni bolje.
More bit zato nije doguro dalje od Mjesne zajednice. Ne umije
svak slagat.
Ne znam ti ja plaho o toj demokratiji, ko kad je u nas nikad nije
bilo, a ovo malo što znam je:
    U oči te gleda, a laže. Haj što laže inekako,.. Iz očiju ti krade.
    -Odo ja ovo turit na Fejzbuk, baš da vidim jel u sviju tako, a
more bit čujem da je neko i šire ruke od našeg načelnika. Ovaj naš
se stisno ko da iz svog džepa djeli.
    -Nemoj uzeire, ako Boga znadeš, sad hi ima svukud, more ko
šta zamjerit pa eto ti belaja, neš više ni šaku mliva hajrovat za
izbore.

NEDO BOG OD NEKOG ISKAT

Sa'će, akobogda i drugi Bajram, a u mene mi Fata ne prestaje pričat:

-Plaho lijep Bajram bide, svima nam je zlo došlo od gladi. Nek sam vala baš napekla dvije tepsije zvrčića bureka, svak voli nešto slano pojest neg slatko, još ti navalio svima nudit burečiće, a nestade ih do po'ne. Bome sam ti gladna ostala kod 'nlike hrane.

-Šta se ovaj svijet navalio ženit i udavat, haman su tri svadbe bile iz naše mahale, reko neće li prestat o Bajramu.

-U mene je mati vazda govorila, ne valja se udavat, šćeri između Bajrama, mogla bi se obliznit.

-Imala je tvoja mati pravo, svaka joj je bila zlatna, pogotovu kad ti je govorila da ti je čojek najpreči i na prvom mjestu.

-Jest i to mi je govorila, pusti djecu, djeca odoše, a ti i čojek ostadošte je'no drugom. Još mi je znala rijet:

-Kad od čojeka tražiš pare gledaš ga u oči, a ne do Bog od djece tražit, spustiš glavu i gledaš u zemlju i ako ti dadnu mogu te priupitat i kad ćeš him vratit.

-Neka nama djece, ne do Bog od njih nešto dočekat jal iskat.

-Jah, hajmo mi još po je'nu u onu malu.

BORO I RAMIZ

Bila u nas dva arsuza, dva dobra jarana i nisu mogli jedan bez drugog, a bome ni bez rakije pa hi prozvaše Boro i Ramiz. Ne umijem ti rijet more li išta dva insana spojit ko zajednički porok. Šejtanska posla, bezbeli. Helem, njih su ti dva po vascijeli dan provodili zajedno tražeći đi će šta popit i kako će se napit. Sabahile bi nako mahmurni svrati najprije do gasulhane pa onda do crkve i po taj vakat bi sejri smrtovnice da se uvjere kako njih nejma, biva da su još među živima.

-Umro ko pio, umriječe i prije ko ne pije, veli Ramiz.

-Haj ti pa ne popi, veli Boro.

O'tale pravo u kafanu da popiju za pokoj i rahmet duša umrlih.

Je'nom nisu mogli niđi nać da popiju, a pamet ovisnika hiti samo u je'nom pravcu, da namiri šejtana u sebi.

Raziđoše se u dva pravca, Ramiz u Sedam braće, a Boro u Pravoslavnu crkvu.

Dojde Boro u crkvu, niđi živog roba nejma. Ko kad su u onaj vakat i crkve i džamije vazda bile prazne, a fabrike pune. U današnji vakat sve naizvrat. Nejse. Okrenu se Boro dva-triput oko sebe i zarovi ruku u onu kutiju đi su se ostavljali prilozi. Zagrabi punu šaku i tamam da turi pare u džep kad začu glas:

-Ostavi to!

Okrenu se oko sebe, niđi nekog.

-Ko je to?

-Bog!

-Uh što me prepade, ja mislio pop.

I tako bi njihovi šejtanluci trajali taj vakat da se jalija nije dosjetila: Je'no jutro se pred Bakijama zazelenila Ramizova smrtovnica i to sa slikom.

Kad je ugleda namah se baildis'o, a Boro pade u nesvjest kad pred crkvom ugleda sebe međ mrtvima.

O'tad nisu više liznuli rakije. Ramiz poče klanjat svaki vakat namaza, a Džumu u Carevoj džamiji, postit mjesec Ramazana i sadaku i vitre dijelit, a Boro je noso onu kutijicu i skupljo priloge na liturgijama . Biva, dojdoše obojica tobe. Kako dojdoše tobe tako se prestadoše družit i sastajat. Nisu imali rašta.

Nešto kontam, trebo bi ovu priču ovde i završit, ali ne mogu jer ima još, a i vi znate da se nije'na naša priča ne završi sretno pa tako ni ova.

Neg ću ja vako : Ostavit završetak ove priče za neke druge knjige da vam ne kvarim ove lijepe priče pa ko dočeka nek čita, bezbeli.

ČUĆE SE

Dojde mi onaj moj nalet Mute i veli:
-Uzeire nešto bi te pito, al da mi iskreno odgovoriš.
-Pitaj, pa ću ti rijet ako znadnem.
-Pošto je ovo mubarek mjesec i svi djele savjete, haj reko da i ja tebe priupitam, ti plaho umiješ insana nasavjetovat, a ne naplaćuješ, što je najvažnije.
Gledam ga nešto i kontam da nije došo tobe, kad će ti on meni:
-Vidiš ovu moju majicu?
-Vidim, plaha ti je, šta ti to piše na njojzi?
- "Hajneken".
-To sam te htio pitat. Jeli mi grehota nosat ovu maicu, mogu, ne do Bog, vidjet ovi što su za Ramazan prestali pit pa da ih pođe ah i eto ti meni grijeha.
-Nosi te dobrina, hrsuze li jedan da bi li hairsuze, sa svačim se šprdaš.
-Haj ba Uzeire, šta si zapjenio, ako je Ramazan nije dženaza. Šega je dozvoljena.
- Jašta je neg dozvoljen, al nije svakakva ko ta tvoja.
- Jesi ti čuo Uzeire što ovi Arapi zauzimaju Bosnu, sve pokupovaše gdje god ima kake šume i vode. Kažu čuli da će kod njih tamo temperature bit i do sedamdeset stepeni pa poletili da zauzmu hladovine.
- Nek kupuju ako imaju s čime, nije to moja briga. Šta si se ti njih svezo, ko da nejmaš svojih briga. Šta ti oni smetaju?
-Čuće se što mi smetaju. Haj što kupuju, al što nam zauzimaju žene, moj Uzeire. Red se ufatio, dobro plaćaju za petu jal šestu ženu. Samo da je nevina.

Eno onaj picmajstor Zulfo s Ploče, najbolji ginekolog u gradu, presto primat pacijente, a uzo lovu, izdavo samo potvrde za nevinost, al ga Arapi provališe pa dovedoše svog doktora, Zulfo izdavo svima redom, i Šuhri bi dao da je živa. Koja nije nevina troduplo mu plaćala. Išlo ga je bolje neg da je fakultet otvorio ispod kuće.

    -Haj ti za svojim poslom, ugursuze li jedan da bi li ugursuze, još ćeš mi i post pokvarit.

Izvuče se Mute ko mastan kaiš, a ja osta dumat, a ne stigo zapisat o čem sam dumo pa ću vam, ako Bogda sutra rijet.

Čuće se!

PRIKAZE

Gledam sabahile u nas sa čardaćića i vidim zabjelilo se mezarje i haman do pod kuću nam došlo. Nešto kontam: Ko će kome prije? Fata ko da mi čita misli, veli: Samo iskoračit i eto nas među naše najmilije. Jesmo vala i zasjeli na ovom Dunjaluku ko niko naš. Neka nas još malo, bonićko, dokle nam je suđeno pa kako god. Gledam onaj narod hoda kroz greblje i dan i noć ko da je perivoj, a prije su se ljudi plaho plašili proć kroz greblje pogotovo noću, jer se znalo svašta prikazat. Pričali se po šeheru kako je jedan momčić za Ramazan dijelio somune i pozivo na iftar pa mu osto jedan i bilo mu ga mrsko odnijeti pa ga spustio na prvi nišan i reče: Reko ti je babo da dojdeš u nas na iftar.
Iz te familije su se kleli da him je taj rahmetlija bio na iftaru i ne samo to neg hi poslije odveo u sebe u mezar i pokazo him i Dženet i Džehenem i sve što je na onoj strani.
Neki vele da se prikazivalo najviše afijundžijama što su pušili afijun, biva opijum kad bi se vraćali s Bembaše iz Hadži Šabanove mejhane đi je bio jedan sobičak kojeg su zvali El kamer, tobe jarabi, baš ko ono sure Iz Kur'ana. Ako bi hotjeli prečicom morali su kroz greblje i naki opijeni svašta bi him se prikaži. Pričali su za onog Avdagu debelog mesara da je preko noći osjedio prolazeć kraj greblja, čuo jare kako mekeće i zagazio prema njemu zamišljajuć kako će ga zaklat i rasprodat meso, a jare mu skočilo za vrat teško ko tuč pa ga je moro nosat kroz čitavu čaršiju dok nije dopuzo na sve četiri do kuće i pred vratima se onesvjestio.
Sabahile ga nađoše bijel ko ono jare što ga je svunoć noso.

Pričo meni jenom Minkin dedo kako su se oni nekoć iskupljali kod derviša na Kovačima pa bi tamo huči i okreči se sve dok ne izađu izvan sebe baš ko oni kad se napuše afijuna i onda bi se okladi ko smije proć kroz greblje. Najdrčniji bio Sejdalija sin Mujage užara , i on ti se spremi, navuče dugi mantil i veli, da ja njih prepadnem. Ponese sa sobom nakav kolac da ga zabije na sred greblja kao dokaz svoje odvažnosti. I dojde on, bome, na sred srede u mrkli mrak i dobro zabi kolac da se ne bi oborio i trkom ti pojde nazad. Kako on poleti tako ga nešto ščepa, povuče sebi i obori na zemlju. Od golemog straha prestade mu srce radit. Ahbabi ga čekali svu noć da se vrati a ne smjedoše otić za mraka da vide šta je sa njim. Kad su prvi horozi zaokuisali otidoše i ugledaše Mujaginog sina kako mrtav leži, a kroz donji dio mantila proboden onaj kolac.
U današnji vakat živi se šetaju kroz mezarje i dan i noć, baš ko da je perivoj, a rahmetlije se pošutile, nosa više ne promaljalju. More bit se boje da im se živi ne prikažu i ne prepadnu ih ko što su oni nekad njih prepadali.

AHMO KO AHMO

Imo je'nog ahbaba iz mladosti Ahmu , plaho volio zaakšamlučit i popit, a mati mu bila pobožna pa bi je svaki put nasekiraj kad bi joj kone i jaranice reci da su joj vidile Ahmu pjana. Ko da su se utrkivale koja će joj prije donijeti muštuluk i obneveselit je. Ahmo nije hotio matere sikirat, al se nije hotio ni rakije odreć pa se dosjetio. Taj dan nije, što no kažu ni lizno , neg ti pola onih para što je nanijetio za akšamluka dadne hamalu Hoši da ga nosa kroz mahalu od avlije do avlije svih materinih kona i ahbabica što su ga panjkale. Za ostatak kupi flašu rakije. Veli mu Hošo:

-Malo je to Ahmedaga , vid te kolki si ,valja te teglit po Saraj'vu.

-Dobićeš ti još na kraju, vi`ćeš. Neće ti falit, ne boj se.
I Hošo ga nakrkači i sve od avlije do avlije da svi vide Ahmu mortus pjana sa flašom u ruci. Na kraju ga odnese pravac u Muharembegovu avliju i kad ga lijepa Safija, Muharemova jedinica ugleda, a plaho je begenisala Ahmu, istrča za hamalom tutnu mu nešto para zamotanih u bjelu košulju i veli:

-De Allaha ti, nemoj ga više nosat po mahali neg ga nosi pravo kući, eno tamo on stanuje. Hošo je posluša i odnese ga pravo materi sretan što je dobio ostatak para i još bijelu košulju pride, a Ahmo dojde materi trijezan i veli:

-Vala večeras neću akšamlučit neg ću malo u kući popit i zamezit.
Materi bide drago, ko svoja mati, vako ga bar ima na oku.
Kad joj pođoše dolazit sve jena za drugom kone i jaranice sa muštulukom da su joj vidile Ahmu pjanog, nosa ga hamal Hošo sve od avlije do avlije jer ne zna đe stanuje.

-E vallahi lažete ko kuje, veli mati, svunoć je samnom bio.U tom ti ih zatjera, sve jenu po jenu i otjera iz avlije. Ahmo od tad rahat nastavi akšamlučit i pit, a materi mu više niko ne dojde Ahme panjkat.

VAZDANICA

-Sjećaš se ti Uzeire kad sam ja čuvala našeg Hiketa?

-Sjećam, kako se neću sjećat.

-Ko kad u ono doba nije bilo blizu obdanište, a bilo i sramota angažovat ženu. Nije nam bilo lahko s maksumima. Ne kaže se džabe, da je dragi Allah hotio da star insan devera oko djece dao bi da i on more rodit.

Bome i druge nane čuvale svoju unučad, a dani onda bili dugi pa bi ti mi svaki dan jena u druge na vazdanicu, bezbeli sa djecom. Mi kahvendišemo a djeca se igraju nama na oku.

Kad je bila reda kod Ibrahimovce, ona imala verandu i pogolemu avliju pa bi mi sjedi na verandi a djeca bi se igraj i skači po avliji. Na sred avlije imala hadžibega, plah joj bio, velikih cvjetiva i lijepih boja. I moreš mislit ona su ti se djeca zaigrale "teta", a našeg Hikmeta postavili da, ko fol prodaje u granapu, a pare him bile, moreš mislit, latice od onog Ibrahimovcinog nakog hadžibega. Mi nismo ni primjetile kako one kidaju one latice i plaćaju snjima našem Hiketu. Svega su joj ga iskidale.

-Eto kako ste čuvale djecu.

-Ibrahimovci ne bi pravo al ne reče nijene.

Slijedeći put mi dojdosmo u nje, kad ona nama svima podjeli po komad špage i veli, vežite svaka svog šejtana rukom za verandu i nek se igraju. Ko djeca, i to him bilo zabremedet, a hadžibega nisu mogli dofatit.

-Pametna bila Ibrahimovca, sačuvala i jaranice i hadžibega, Bezbeli.

PRIČA O DOBRIM LJUDIMA

Onaj moj nalet Mute priono zame ko za očinju bradu, ne ispušća me iz vida.Veli, haj ti Uzeire kod mene u kafić i sjedi ako ti je dosadno, a možeš šta i čut pa priču napisat.

-Šta ću po kahviću, moj Mujo, ne idem ti ja đi se pije. Dosta sam se priča naslušo, a narod samo ponavlja jedno te isto.

-Nema ti u mene alkohola, moj Uzeire, znaš da sam došo tobe.

-Aferim, moj Mujo, tako i treba.

-Zato sam Vesni otvorio kafić, kod nje ima, njoj vjera dozvoljava.

-Vala si pametan ko dvije budale, jedini ti umiješ ugodit i Bogu i narodu, a sebi ponajbolje.

-Ko ne umije sebi, umije punici, jel se to tako kaže?

Kako on meni ovo reče tako se sjetih kad smo bili djeca, pa udarili po avliji pravit zijane, a nana Subhija sa pendžera samo klepi dlanom o dlan, nije se onda vikalo i dozivalo za djecom ko danas, biva da nas iskupi i ispriča nam priču ne bi li nas smirila.

Poredamo se oko nje iskolačimo oči na nju i otvorenih usta čekamo kad će počet.

-Znadete li vi djeco da je vaš dedo Atif imo hejbet ahbaba? Bezbeli da ne znate, kad ga niste ni upamtili.Svi su ga volili, poštivali i gotivili, a najviše jedan Jovo, samardžija, po njem je ova naša ulica i dobila ime. On ti je pravio samare za konje i kalufne jastuke za mindere.

Plaho fin insan bio, ne faleći mu zakona.

Kad bi vaš dedo u njeg dojdi na kakav ićram na jenoj polici je stajalo suđe i na njem je pisalo Atif.

Biva, kad Atif dojde sa njima jest, a da ne sumnja da je, nedo Bog, u tom suđu bila paščetina il da se peklo na masti. Jok.
A dole, malo niže u kazandžiluku bio jedan Marko, kazandžija.
Kad bi zaokuiši sa munara, a on vazdan nešto kucko i je'nom tamam zamahno kad se začu okuisanje, a on namah stade držeći onaj čekić u havi dok ne izuči ezan. Sve kazandžije bi otiđi klanjat namaz, a niko nije zatvaro radnje, jer su znali da je tu Marko i da će him čuvat ko i svoje.
Gledamo mi u nju razrogačenih očiju i otvorenih usta, neće li nastavit. A ona ni mukajeta.
    -Šta ste zinuli, eto vam priče za danas?!
    -Ih, nano, kaka ti je to priča, nije ni završila.
    -Bezbeli da nije djeco, nit će se kad završit, a vi ste još mali, imaćete se kad naučit kolko je ovo bilo golemo u nas i kako su se ljudi poštivali i cijenili sve što je tuđe.
Zadumo ti se ja tako, kad eto ti u mene mi Fate sva se uspuhala i veli:
    -Moj Uzeire, da si mi ti živ i zdrav, preselio ti onaj ahbab Jovo Jovanović sa radija što si o njem piso i što ti se vazdan javljo.
    -Nek mu je lahka zamlja. U današnji vakat dobrim ljudima dojde lakša zemlja neg hava. Još malo pa ću i ja za njim, biće mi lakše otić kad znadem da je na onoj strani više insana i ahbaba neg na ovoj.

DŽEP

Dojde Fata sa teravije i pojde skidat jemeniju, veli sva sam ti u goloj vodi. Onaj narod muhanat neda uključit ono za hlađenje, nekom udara u glavu, nekom u krsta, i svak se voli znojit neg kake bolešćine fasovat.

-Ne kaže se u nas džabe, niko nije umro od smrada neg od zime.

-Ode ja nama u onu malu pristavit svakako neću ni spavat do ručka, veli i zamače u kuhinju.

-Haj vala volim i ja oćejfit neg spavat.

Donese kahvu, srknušmo, uzdahnušmo od meraka, a Fata se ispravi na minderu i okrenu prema meni:

-Vala Uzeire, do sad sam ti sve rekla što sam uradila i pomislila al ovo ti ne rekoh nikad. Ko zna doklen ćemo još pa da mi halališ, ako mogneš.

Kontam, kako se naperila name, asli je nešto golemo što mi ima rijet. Da nije šta o djeci, da mi neće, ne do Bog, rijet da Hamo jal Merima nisu moji? Šta mi ima to govorit, tamam i da nisu, oni su moji. Jačiji su.

Ko da me je čula, veli:

-Ma nije to Uzeire, ne do Bog.

Neg kad si ti ono kupio odjelo, kad si hotio ić u Novi sad, ja mazala Merimu i spustila onu Soleu otvorenu na minder, a ti dojde u odjelu i sjede na onu Soleu. Asli nisi primjetio, al ti ostade 'vlika fleka na gu'ici, masna.

Ne smjedo ti rijet, neg kad si skino pantole ja hi spodbijem i kod one moje tetišne u gornju mahalu, ona bila šnajderica.

-Reko, moja ti Zulko pomagaj ako Boga znadeš. Vidi što sam napravila zijan.

Uze ona one pantole, gleda, mjerka, maše glavom...Asli neće na dobro.

Kako hi izvrati tako joj se čehra promjeni i ja odahnu.

-Veli, fin nakav materijal s obje strane isti. Vako ćemo mi, rašit i okrenut naizvrat pa se neće ova fleka vidit. Jedino će džep otić na drugu stranu.

-Ma nek ide đi hoće, ko da će to Uzeir i primjetit, ne zna đi mu je glava kamo li na kojoj je strani džep.

Zulka ono raši, saši, sad pa sad i fleke nestade. Reko, dobro je, nek i ovo projde.

Vrati se ti iz Novog sada, ne znam ni što si išo, šta ćeš po Novom sadu?

-Čuj što sam išo. Znadeš da me firma poslala.

-Nejse. Ha si se vratio veliš mi: Ko da je ovaj džep bio na drugoj strani. Ti ono imo običaj turit maramicu u zadnji džep.

Jok on, reko, vazda je bio na lijevoj. Slagah. Još se ona tvoja nana Subhija nastavila taj vakat:

-Što fušeraju, samo da him iz ruku ispadne. Tvoj dedo Atif je sašio bukadar odijela i svako bilo ko pod kaluf jednako, a vidi ovo...Hej jadi, jadi, šta se radi na današnji vakat. Čuj na muškom odijelu džep na lijevoj strani. Sve naopako i naizvrat, zato nam i jest vako.

Nikad prestat.

-Eto Uzeire, ja ti rekoh, a ti halali ako moreš.

-Haj Boga ti ko da je to za halala, ja mislio Bog zna šta je!

-Meni Bome jest, sa'će i pedeset godina kako mislim na to. Kud mu ne rekoh, majko moja mila.

-Halalosum, nek nije šta drugo, a i da jest vala bi ti i to halalio.

Pričam ja ovo onom mom naletu Mutetu, kad će ti on:

-E moj Uzeire, da mi je tvoja pamet i brige Fatma hanume pa da se naspavam ko čo'jek. Dok se čitav svijet zabavio oko fudbala, ratova i terorizma, vas dvoje oko džepa.

-E moj Mujo, kad bi se svak zabavio oko svojih problema pa makar bili i džepovi, svima bi nam bilo bolje, a ja bi ovaj vaki fudbal ukino da se imalo pitam. Samo pripremaju jadni narod za nove ratove, huškaju je'ne protiv drugih i trpaju pare u džepove i na lijevoj i na desnoj strani.
Đi him više stanu?

U SRCE NAS DIRALA

-Moj Uzeire, moreš mislit, mrven šećera nejma u kući, ni sitnog ni u kocki, a granap se tek u sedam otvara, veli mi Fata sabahile. Neg ću ja nama kahvu zasladit s onim smeđim za kolače što mi je Merima ono jenom donijela.

-More komotno, samo nek je sladak.

-Ja kakav će bit neg sladak, moj Uzeire. Ko šećer, samo ga malo obojili. Asli mi je malo izblijedio, ko kad je dugo stajo. Nasu nam Fata po finđan i turi po kašiku onog šećera, a ja bez đozluka vidim da je nakav pokrupan i plaho bijel.

Kako nasu, tako uzdahnu:

-Što mi je nešto žao one Jadranke, n'aka obična bila, fino se nosila, nije se ni bakamila, fine ćehre i naravi bila, vazda nasmijana.

-Šta ćeš, moja ti, svima nam je mrijet.

Ne znam šta bi joj odgovorio, a i meni je nešto bi žao, a da ne bi suze pustio srknuh malo iz onog findžana.

-Ko da ti ovaj šećer nije sladak?

-More bit, moj Uzeire, nakav je izblijedio. Saću ja tebi još jenu kašikicu.

Turi ona još jenu , promješa, srknem. Gorka, ko čemer. Malo zavrtim findžan neće li se onaj šećer rastopit i jope srknem kad ugledah do po findžana onaj šećer stoji li stoji.

-Asli mu je prošo rok trajanaja dok se ne topi.

Kako ja to rekoh Fata se zagleda u onaj galon, otvori ga i istrese malo na dlan.

-Halali Uzeire, ja se posefila i mjesto šećerom kahvu ti pirinčem zasladila. Blento, blentava.

-Haj reko nek je sva šteta u tome.

Nešto kontam, da sam mlađi sad bi ja na nju, more bit i zagalamio što je kuća ostala bez šećera, a valjda insan nadojde s godinama i skonta da je zalud tratit vrijeme i živce na besposlice. Desi se, pogotovo starom insanu, a more bit se neko i nasmije i eto ti sevapa.

Ode Fata po šećer, a ja se nešto zamislih:

Neki ti ljudi omile, a da ih nikad u životu nisi sreo. Kad odu bidne ti ih žalivije neg onog prvog komšije što si čitav život sa njim proveo i u dobru i u zlu.

Što ti je ovaj insan? Devera, muči se i svak bi nešto ostavio iza sebe da ga ko biva upamte, a nemere, il ne umije svak, šta li. Neko čitav život sprca podižuč kuće i imanja, misleć da je nešto ostavio, a nije jadan ništa dobro, neg samo da mu se djeca imaju oko čega svađat. A neko opet pomaže drugima i đi god makne nešto dobro uradi. Za sebe i ne haje. Takve ljudi najdulje pamte i rado ih se sjete. Baš ko naša Jadranka, najmanje je sebi gledala, a Bome nam je dosta dobra dala svojim pjesmama, i n'akva merhametli kakva je bila, svak je se rado sjeti.

A nama što smo ostali valja deverat sa svačim pa i sa kahvom rižom zašećerenom.

ŽENSKI ŠER

U nas u familiji nije upamćeno da je iko osto neoženjen ili neka neudata, nedo Bog, sem amidže Arifa. Duša mu bilo, tamburicu, jal saz u ruke i po čitav dan kucat i uveseljavat mahalu svirkom, a znao je i zapjevat. I dan danile se pitam, ne kako je proživio život bez žene, imo je on tamburicu i saz, biva, imo je ušta udarat, već kako je izdrž'o i preživio pitanja, kad ćeš se ženit' i navaljivanje rodbine da se i on ženi. Uvijek smiren i razborit, kad bi ga ko upitaj odgovorio bi ovako:
   -Ženio bi se ja al me strah, čuo sam jenu hićaju o ženama pa me plaho pripalo, efendisi benum.
I onda bi počeo pričati kao da se brani i opravdava. Jenom bi reci vako, drugi put onako, a nekad bi znao čitave priče ispričat protiv žena i ženidbe.
   -Kakvu si to hićaju čuo amidža pa te tolko pripala?
   -Čuo sam da žene piju krv muškarcima na ham pamuka, onako polajnak, dok mu ne dohaka i dok ga posve ne dokusuri, i kad poslije pogledaš hudog čojka od njeg samo osto ćulah i firale. Čojka niđi.
Od svih njegovih priča o ženskom šeru upamtio sam ovu, a sve su isto počinjale i isto završavale, kucanjem u tamburicu ili saz pa je to davalo neku posebnu kokiju ovim njegovim pričama:
Birvaktile se oženio jedan seljak i veli ti on ženi vako, ženo, najgori je šejtanski šer i moramo se dobro čuvat, a žena mu bila plaho hašarijasta pa mu odgovori: Gori ti je ženski šer, mužu moj, od šejtanskog.
Jok on, najgori je šejtanski. Neda on rijet, a ne da ni ona, plaho bila svojeglava, pa mu veli: E vidjećeš ti mužiću šta može ženski šer od čojka napravit.

Sutradan ustali prije zore, ko i svaki dan hoće na njivu da vade krompir. Žena mu ode prva i probudi nakog ribara da joj dadne sepet ribe, a ona će mu platit sepetima krompira. Tako se ondar plaćalo.

Prije neg joj je čojek došo na njivu ona povadi sav krompir i sakrije ga, a poturi onu ribu i zagrne je, a onda ode odnijet onom ribaru sepetima krompira. Dojde joj čojek uveče kući i sav radostan veli:

-Vidi ženo Božjeg davanja, umjesto krompira izvadio ribu, de nam je ispeci za večeru!

Žena uzme onu ribu i sakrije je, a za večeru ispeče nešto drugo.

-Šta je ovo ženo, pobogu si, đi je ona riba?

-Kakva riba bolan ne bio, odkud nam riba, jesi pomahnito!?

-Ona što sam je danas iskopo.

-De šuti, čuće te neko pa će mislit da si skreno.

-Šta skreno, ti mene praviš budalom!

Pojde na nju da je bije, a ona uteče i poče zapomagat po selu i dozivat u pomoć.

Selo se iskupilo i njega vezaše da ne bi naudio ženi.

-Što te napada, šta si mu zgriješila, pitaju je.

-Ama nisam ništa ljudi božji neg on umislio da je iskopo ribu umjesto krompira pa digo hampu na mene da mu je ispečem.

Svi se grohotom stadoše smijat, a ona sakrila ribu u dimije i kad niko ne vidi pokazuje je čojku, a on još više zapjenio, eno je vidite je u dimijama joj je riba.

-Jašta je neg u dimijama ko i u svake što je. Nastavilo se selo šegačit. Na kraju ga ona odveza, odvede ga kući i okupa da se smiri pa mu reče:

-Eto vidiš što ti je ženski šer pa ti vidi čiji je gori!

(Ispričala sarajevska hanuma Esma Novalija Arnautović, a zapamtila unuka Seviba)

SABAHZORSKA

Ima`l šta ljepše od sabahzorskih mirisa kad o`škrineš pendžer, a nosnice ti zapahne miris bosioka i šeboja odnekle, o ,zgor sa Bioskog, jal iz Faletića, ko će ga znat. Mahala se budi mrzovoljno, i jutarnji glasovi, uvijek dragi i veseli baš ko cvrkut ptica, a najljepši među njima dječiji, ko poj slavuja međ vrapcima i svrakama. Merak za uši i nozdrve, a najveći za oči pune Sarajeva koje se budi bezazleno i neokaljano od svakog zla i nesreće koji su ga snašli i snalazili vjekovima, a ono, Sarajevo, ni mukajeta, što no kažu, nisu mu ni pera odbili, samo su ga ojačali i oljepšali kao nikad do sad. Jah!

Najdraži su mi najvrijedniji ljudi. U našem sokačiću najprije iziđe Muharemaga da pomete ispred svoje kapije, a malo za njim Munira, mlada, a vrijedna žena, pomete ispred svojih vrata, a Bome i ispred naših svaki put, nek joj dragi Allah upiše u sevap. Ha iziđe prvo upita Muharema kako si, jesi li se naspavo i još upita šta ima, a Muharem joj odgovori samo na jeno pitanje.

Reko, tako će bit i ovog jutra ko i vazda.... kad Muharem zagalami, ori se mahala:

-Šta vas briga šta ima, hoćete sve da znate, nosite se svi u neku stvar...nejma šta nije izgovorio.

Ona se jadnica sva smela i umjesto da se vrati u svoju avliju uniđe u našu i izvinjava nam se.

-Hodi ti ti šćeri popi sa nama finđan kahve pa se smiri, pusti ti Muharema i njegov tersluk, veli joj Fata.

-Ah draga Fatma hanma fino ga upitah, a on meni nako. Šta je ovom narodu, sve pomahnitalo?!

-Šuti bonićko, šćer mu se udala pa pričaju da ne živi dobro, a svijet zloban pa ga ispitiju uzinad ne bil se naslušali tuđeg zla.

-Ah, da sam znala ne bi ga ni upitala ništa.
-Nek si ga upitala, al si trebala samo jedno ko i svak, jal uranio, jal jesi li se naspavo, jal samo kako si, a ti još povrh svega i šta ima, namah ljudi pomisle da ho'š šta raskopat.
-Nisam, ne pomakla se smjesta, znaš ti mene, nit me šta tuđe interesuje nit pitam.
-Znam, zato te i savjetujem ko što bi i moju Merimu.
Nastavile se njih dvije, a meni misao dojde i ode ko i svaka do sad: "Stvorio Gospodar ovu ljepotu, a ljudi poletili od svak'le da se tu nastane pa u ovom dženeta na dunjaluku zidaju sebi i drugima d`ehenemska vrata, a red se ufatio k'o nikad do sad."

TURSKE SERIJE

Odgego malo do Hazima posjedio, promuhabetio koju, pa polajnak svojoj kući, kad Hamo sjedi.

-Kad si to sine stigo?

-Ima jedno pola sata, reko da sa vama popijem kafu i da vidim kako ste sa zdravljem.

-Dobro smo fala Bogu. Kako su tvoji?

-Dobro smo svi, mi radimo djeca u školi.

-Nek su ti živi i zdravi.

-I tebi tvoji.

Pojde Hamo kući i ja za njim da ga ispratim.

-Haj barem si se s materom ispričo kad nisi mene zatrefio, a Bome sam ti najviše u kući, al kad ono hoće.

-Nećeš mi vjerovat nisam ni s materom dvije progovorio i to na turskom.

-Odkud vi znate turski?

-Kad sam doš'o mati gleda seriju, reko, odo nam napravit po fildžan kafe, a ti rahat pregledaj do kraja. Napravio kafu i zovem je, mama, mama...Ništa mama, ne diše, sva se u oko i uho pretvorila.

-Anne!

Pogleda me ko da sam je naglo probudio.

-Hadi, kahve!

-Vidi mog Hame, rodila ga mama, tek me primjetila.

-Moj Hamo, odkad ja s tim njenim turskim serijama deveram, a stid me ikom rijet.

-Neka je nek gleda, nek se i ona ima s čim zanimat. Mogo bi i ti sa njom.

    -Jok ja, gluho i daleko bilo.

    -Hajd onda, Allahimanet!

    -Hadi, güle güle!

KOME PIŠEM

Kad insan umije sebe dobro slagat, lahko mu je onda i druge, a kad je prema sebi iskren onda mu niko neće vjerovati. Kako se približava vakat za treću knjigu tako se sve više pitam, ne što pišem, nego što izdajem knjige kad ja, Uzeir Hadžibeg nikada neću postati čak ni mladi pisac pod stare dane. Nek vala ni neću. Dosta mi je što me narod voli i čita, a za ove "nimukajete" što određuju ko će šta bit, a da i sami nisu, nimukajeta više. Što reče moj Kemica sa Dolac malte:

-Znaš li ti, Uzeire kako se u ratu održala kultura u Sarajevu?

-Jok ja, moj Kemo.

-Fino, ovim podrumašima bilo dosadno dok smo mi truhnuli u rovovima i tabanali po terenima, pa oni pravili sebi predstave i pjevali ne bi li dobili konzerve i cigare, i da bi se ispalili iz grada. I šta sam ja hajrovo od te kulture, samo nake knjižurine kad je gorila vijećnica., eno mi ih još u podrumu, moram ih vratit, niko ih neće. Podrumaši, maheri pokupili sve što valja, a borcima ostavili Mirjam i Sarajevo u revoluciji. E, sad ovi što se nisu uspjeli ispalit, čim je rat stao iziđoše ko pacovi i počeše se uvaljivat. Oni ti određuju šta je kultura, a šta nekultura. Nije ni čudo što bi najradije zabranili koride, jer ih to plaho podsjeća "o'kle" su i ko su. Poturaju narodu nazor sve tuđe, a nedaju mu svoje. Umjesto da prave stadione u Čevljanovičima da svak ima hajra od toga oni se šprdaju sa koridom, a dive se kad bikovi u Španiji naćeraju narod po ulicama ili kad onaj američki kaubuj zasjedne na onog vola pa ga jaše.

-More bit su zato neki narodi veliki, moćni i bogati, moj Kemale, zato što su dali narodu ono što narod voli, a mi jadni i siromašni zato što nam je vazda sve tuđe bilo milije.

Nego sam vam ovo hotio rijet!

Piše mi jena naša hanuma čak iz Njemačke i veli:

"Poštovani Hadžibeže, svako jutro nazovem moju mamu (72 godine) u Bosni da koju progovorimo uz kafu prije nego krene svaka svojim poslom. I eto već skoro godinu dana ja njoj ovako sve što Vi objavite pročitam, a ona meni poneke riječi koje ja ne znam šta znače rastumači. Nerijetko uz to ide i njena priča koja se poklapa sa Vašom iz njene mladosti. Ma ja to njoj ko da sam u pozorištu pa se onda zajedno smijemo. Al ono baš od srca. Kako mi bude drago kad se od srca zasmije kad nešto čuje što je vrati u prijašnje dane. Još pita pa otkud to njemu sve da tako fino piše. Baš Vam hvala na tome i lijep pozdrav."

Kad vako čujem, a nije prvi put, jedino što mi padne na pamet je: E vala vrijedi ovo moje pisanje makar ga samo kćerke majkama čitale uz kahvu.

-Što nećeš izdavat, moj Uzeire, veli mi Kemica, kad su drugi mogli izdat državu i narod što ti ne bi knjigu.

-Tako i jest moj Kemale, kad vidim ova sretna lica sa mojim knjigama od Bosne do Australije...Bome nek se drugi pita kome piše i izdaje knjige, ja vala neću!

DUMANJE

-Piši ti Uzeire kolko hoćeš i šta hoćeš, moreš i izmišljat, al nemereš ništa izmislit što već je`nom nije bilo, biva dogodilo se, dogodiće se, il se baš sad nekom događa, veli mi Eminovca.
Haj da mi je samo to rekla ne bi ni mukajeta, neg se nastavila:
   -I ovo što mi mislimo su već mnogi mislili i odmislili haman isto, pa da je ne znam ti šta.
Pošo ja svojoj kući polajnak, nogu za nogom, i sve nešto o ovom dumam: More bit je vako isto nekad neko nekom rek'o ko meni Eminovca pa ovaj vako dum'o ko i ja o tome kad je kreno kući.
O'što ti je to, Uzeire, razbijat glavu kad su je već mnogi razbili, a neko je to garant već i zapiso, a ako nije odo ja sad pohitit polahko i turit na „Fejzbuk", dok nije ko turio.

NASTAVLJA SE......

Samo da vam još reknem da se ne sikirate plaho i da će svako potrošiti svoju nafaku, biva, da će mu svega moć bit do kraja života.

RAHATLUK

U staroj mahali
Gore na Vratniku
Sve uz kaldrmu
Pa na kapiju
Ulazilo se u našu avliju
Po kojoj su vazdan
Klepetale nanule
Kroz đulistan
Pored Hadžibega
u kanti od mrsa
Dok na sred avlije
pršće šadrvan
Uz strme basamake
Ulazilo se u kuću
Sve do na čardak
Sa kojeg su nekad odzvanjale
djevojačke pjesme
U halvatu je stajao ibrik
Sa vodom samo za abdesta
I dva velika đuguma
Za česme
Imali smo kredenac
Znaš, onaj zeleni
U kojem je nana zaključavala
Sahan pun lokuma
I davala ih svima
Sve dok traje
Dok ih ima
Imali smo nanu
Sa najtoplijim krilom
U koje smo svi mogli stati
Nanu sa slatkim srcem
I starim ključem
Zavezanim na učkuru

Imali smo i mačku
Što prede na pendžeru
Proteže se
Skače po minderu
I prevrće
Dedinu staru kutiju
Imali smo kuhinju
I zidanu peć
Na koju je samo
Dedo smio leć
Siniju na zidu i oklagiju
S kojom je mati
Razvijala jufke
Za burek pite
Zeljanice
Klepe
Jal sirnice
Mirišljave krompiruše
Imali smo kuću
Što je mirisala na bamnju
Karanfiliće i tarčin
Na krovu čuvarkuću
U avliji velikog hadžibega
I oči pune Sarajeva
U nas sa čardačića
Osta tako
Posrmljena slika
Djetinjstva u staroj mahali
Plahog komšiluka
Sitnih briga
Mirisa, boja, glasova
i rahatluka

MIŠLJENJE STRUKE I REAKCIJE ČITALACA

Uzeir Hadžibeg je jedna od najuspjelijih književnih pojava savremenog bosanskohercegovačkog društva. Njegove priče postale su za kratko vrijeme veoma popularne, a raširile su se prirodnim putem, tako što su ih ljudi jedni drugima prenosili na radost i veselje. U novijoj historiji bosanskohercegovačke književnosti malo je onih koji su samom svojom pojavom, bez naročite pomoći medija i marketinških stručnjaka, osvojili veliku publiku. Sarajevski pisac Kemal Čopra jedan je od rijetkih kojem je to pošlo za rukom. Pripovijedajući kroz fiktivni lik Uzeira Hadžibega, simpatičnog tersli stanovnika iz bosanske mahale, gospodin Čopra je za trenutak vratio književnosti ono što joj pripada po prirodnom pravu, a to je da bude rado čitana i rado dijeljena sa drugima.

Boris Lalić Književnik

Lik Fate, Uzeirove supruge, kao bosanske hanume je upečatljiviji možda i od samog Hadžibega i govori o važnoj ulozi žene u porodici. Starinska nana koja drži do starih običaja i adeta, u modernom dobu, domaćica koja svemu zna mjesto i o svemu zna pomalo. U bosanskohercegovačkoj književnosti često su žene u pozadini muškarca i o njihovim se životima govorilo samo iz muškog ugla. Uzeirova Fata priča sama...

Semra Hodžić Novinarka

Pisati je moguće uvijek, na sve načine i na svim mjestima kao i u svim situacijama.To su potpuno individualna stanja. Međutim,ja mislim da vi pišete uvijek. Vi pišete i kad ne pišete, pišete i kad ste zamišljeni, pišete čak i kad spavate. Vjerujem da ste vi pisali isključio iz potrebe za ekspresijom, opušteno i potpuno predano određenom trenutku. U vašem izražavanju posebno se ističe nešto poput epifanije, kao da ste se odjednom sjetili priče iz vašeg dijetinjstva i želite je sa svima podijeliti. Taj trenutak može se osjetiti u vašim pričama. Da bi bio poseban dovoljno je biti svoj , jedinstven i neponovljiv. Ali i jednostavan. Sve ovo i mnogo vise ste vi Kemale. Svojim nadahnutim i nadasve nostalgičnim pričama uspjeli ste osvojiti Bosnu ali i region. Svaki pisac uglavnom koristi imaginaciju kao temelj, ali to kod vas nije slučaj. Previše su vaše priče realne a to je upravo ono što ljude privlači da čitaju Hadzibega.Ubijeđena sam da ste vi sami sebi najbolji krtičar onog što ste napisali, jer dok sam čitala vaše priče stekla sam dojam da su upravo vašom rukom bez milosti dotjerane do perfekcije, obzirom na to da gotovo svaka nosi jasno dočaranu poruku, ali i pouku. Nekoliko pojmova vežu se za pisanje. Prije svega to je inspiracija, zatim tehnika, originalnost i genijalnost. Inspiracija , tehnika i originalnost već su prepoznatljivi pratioci Hadzibega , ja kao i mnogi vaši vjerni čitaoci čekam i genijalnost koja će sasvim sigurno nositi vaš pečat u doglednoj budućnosti.

Razija Razo Urednica jedne od najpopularnijih stranica na Facebook, Muhabet sa Razom

Moj susret sa Uzeirom Hadžibegom je bio preko facebooka, iskreno rečeno mislio sam da se radi o jednom mudrom djedi koji priča o svom životu na svoj karakteristčan način sa velikom upotrebom turcizama i odmah mi je prilegao na srce, jer sva moja familija od majke te turcizme su upotrebljavali u svom

svakodnevnom životu. malo zbog svoje mladosti a malo zbog mudrosti djede Uzira sa uživanjem pratim svaku njegovu objavu...,Prije nekoliko mjeseci sam otkrio da je Uzeir Hadžibeg izmišljeni književni lik i bilo je malo razočarenja, al u konačnici to razočarenje se može prepisati Kemalovoj uspješnosti da jedan književni lik svi doživljavaju kao da je stvaran...od mene jedan duboki naklon za Uzeira Hadžibega...
Nijaz Redžić

Meni je, eto, baš drago što je Uzeir fiktivan jer je onako strašljivo savršen. Da li će me ta činjenica spriječiti da kupim knjigu (e)? Bogami neće! Uzeir je otac, djed djece koja nisu očeve i djedove zapamtila, Uzeir Hadžibeg je svi mi koji se pomalo gubimo a treba da se nadjemo i osvijestimo to 'nešto' što nipošto ne smije da se zaboravi, a što nam je u amanet ostavio miris hadžibega u neninoj avliji.
Mikica Šerifović

Procitala u jednom dahu i raskopala sve u sebi i obisla sva ona mjesta i duše sto su me strpljivo čekala i sad polako pakujem se za povratak Napunila sve fino merhametom i ljubavi da mi se sutra nađe pred ovim praznim protuhama što dunjalukom hode i da im šta mogu i dati ako bi osjetila da im je prijeka nužda.
Mirela Ćoralić Bihać, Štutgart

Legnem u krevet pa velim sebi hajd da malo procitam Hadzibegovu knjigu prije cu zaspati, jest vraga, ja se zacitam do neko doba noci pa se smijem sama u sobi, iza ponoci ne mogu knjigu da ostavim, a sve mi je interesantno jer volim ona stara vremena opustena. Sve je to meni romanticno.
Kanita Hajrić Vatreš

Volim stari vakat, obicaje, govor... a mahsuz ono postovanje medju insanima sto je bilo... "Hadzibeg" me odvede na trenutak uz strme Kovace, pa na Vratnik, Sedrenik, pa do Bibana na puru s kajmakom...no, sve sto je lijepo, kratkog je vakta, pa tako i ti nasi adeti sve vise nestaju, a nesto novo - reci cu slobodno - "nakaradno" unistava tog bosanskog insana i njegovu ljepotu, njegove adete, govor...njegovo "ja" ...zao mi je kada vidim da se to gubi... da nam se djeca stide "naninih dimija i djedovog fesa", da Nermin, Omer, Osman itd. pricaju na njemackom i engleskom o cevapima. Izgubili smo se u prvoj generaciji iseljenika vise od Turaka koji su vec treca i cetvrta generacija na Zapadu . Hadzibeg dodje kao deja vu i opomena da se ne gubimo, da se ponosimo avlijama i sokacima na kojima smo koljena prvi put poderali Sretoste ste na sehuru u Gracu-Austriji kod je'nog kolege (studirao knjizevnost)
Volim Džumhurovo djelo, a volim i Hadzibegovo... izvorni - nas govor iz nasih avlija i sokaka
A volim i Hadzibeg cvijece - kada su roditelji poslije rata od kasike poceli i ponovo kucu napravili, prvo sto sam zasadio ispred... bio je Hadzibeg .
Admir Kadrić Grac

Gospodine Uzeire rado čitam sve vaše priče. Uvijek poučne, odmjerene sa određenom dozom humora. To nam i treba u ovom nakaradnom vremenu. Ja sam medicinska sestra. Kad imam vremena i ako imam par pacijenta na infuziji ja sjednem pored njih i pročitam nekoliko vaših priča, ako uhvatim internet iz apoteke pošto mi nemamo. Čudo jedno kako se ljudi nasmiju i bolesni. Veliki pozdrav za Vas.
Slavojka Andjelkovic Avlijas Bijeljina

Iščitah ovo mojoj hanumi uz kafu, poslije ručka, sad ovog momenta. Jedva sam iščitao do kraja! Kočili smo se od smijeha dva-tri puta prepoznavši sebe u ovoj tvojoj priči, i hvala ti mnogo za to!
Ridvan Hadžić Perth Australija

Bosanski biseri, koji me vratise u neko lijepo vrijeme I probudise nostalgiju za sve izgubljeno..
Selma Džino Kiseljak

Dragi Hadzibeze, svakog petka vozeci se busom na posao citam vasu knjigu.sad stigoh do kraja,cak i komentare procitah i uistinu se rastuzih sto nema vise pohvale za ovakav stil pisanja i sve ove inspirativne price nemojte prestajati da pisete! zelim vam puno uspjeha!
Mejra Beč

Ja se nisam dugo ovako ismijala. Jel vam stvarno nana ovo pricala? Moja nana nije bila ovako mastovita.
Meliha Talić Fejzić Sanski Most, Salt Lake City, Utah

Ja rahatluka. Pauza, kafa i smijeh kroz suze. Ništa bolje od Hadzibega da razgali dušu. Živio Uzeir Hadžibeg
Amra Sarajevo, London

E moj Hadzibeg vrati me u mladost i sjetih se kako su se mučke košulje štirkale i peglale pa kad moja braća i cijela mahala ide na uranak gore na ravne Bakije...
Hasna Alifakovac, Rotterdam

Ponijela ja HADZIBEGA na Banju - Kür Bad Füssing. Procitam koju pricu izmedzu termina, suze mi idu od smjeha...pomislit ce ove Svabe da sam prolupala. Neka misle nije me ni briga , ne znaju oni koje je zadovoljstvo, rahatluk a i dodatna terapija uz ove price...

Ella Krijestorac Bauer

Evo da se i ja javim iz Boise, Idaho...stize Hadzibeg u moju Seharu masallah! Kazu da je Hadzibeg knjiga ljekovita a ako i nije bila, sad ce beli biti! hvala za ovako prelijepu knjigu. Jedva cekam da na Amazonu bude i 3. Jesam na kraju Amerike skoro ali misli su brze od svjetlosti i mislima i dusom sam u Bosni a kroz ove price jos sam blize. A i da djeca ne zaborave originalni bosanski jezik
Semira Beganović Omeragić

Ja bas imala neko sijelo sa rodjacima iz Melburna pa iznesem knjigu i tako ti mi pricicu po pricicu pa se smijemo ... svako se nadje barem u jednoj, a prednost je sto su price kratke pa dodje bas ko neka knjiga razonoda.
Vildana Džordić Ameti Sydney

Da se ja pitam uvrstio bih vaše knjige u đačku lektiru al jazuk brate ne pitam se, al dok sam živ i vidim a vi budete pisali ja ću sigurno čitati...
Redžo Alić

Uzeirbeže živ ti nama bio mnogo godina pa nam čačkao po prošlosti. Pa ako neko čačkanje i zaboli opet je ta bol podnošljivija od ovih današnjih koje nam svojim lopovlukom nanose razni domaći i strani hrsuzi.
Faruk Tuzović Alifakovac

Budite to što jeste jer malo je takvih kao što ste vi jer meni dođu vaše priče kao mehlem na ranu. Opustim se i odmorim uz lijepu našu bosansku kahvicu.
Nermina Pecikoza Sarajevo

Čestitam poštovani Uzeir Hadžibeg na vašim poklonima tradiciji i bosanskohercegovačkoj književnosti, dragocijenim knjigama i objavama na fb, i osjećaju za pravdu, istinoljublje, etiku kroz sve ispričane priče . Hvala na promociji vrijednosti vašeg pera i

velikog rada , prisustvu na književnim večerima, jer tako širite
miris kulturnog blaga bezvremenskog pripadanja umjetnosti. .
Danira Šarić Sarajevo, Bihać

Ko je Uzeir??? Mahalaš sa Nadkovača, čiko koji je bio ispred svog
vremena , a živio u sadašnjosti, sa pogledima na prošlost. Ko nikad
nije ništa pročito ne može ni Uzeria skontat, to nije supermen a
bogami ni duško dugouško. Čitajte Uzeira al čitajte i između
redova. A ako ne možete pročitajte prvo Crvenkapicu pa onda
dalje, onda možda za desetak godina shvatiće te ko je Uzeir
Hadžibeg.
Nenad Fonto Fontana Sarajevo, Kopenhagen

Moje skormno mišljenje je da se ovakvo bogato djelo upotrebom
savremenog bosanskog jezika, bez upotrebe arhaizama i
starobosanskih riječi ne bi moglo ovako slikovito i lepršavo ni
napisati. Rođena sam i odrasla na selu pa mi to daje veliku
prednost u čitanju knjige. Ovo sam svejsno i namjerno istakla, jer
doprinosi smanjenju razlika u govoru koji se upotrebljava u gradu i
na selu. Moram primijetiti, pogotovo u facebook objavama, da je
postao trend upotreba arhaičnih riječi i termina kada se
komentarišu odlomci i priče iz svih dijelova Hažibega. I sama ih
upotrebljavam počesto prilikom komentarisanja. Mislim da se
samo na takav način može iole doprinijeti ljepoti ovog veličanstva
od knjige.
Dalje, ovo je po meni svojevrsno psihoterapijsko djelo i kao takvo
za mene lično ima još veću vrijednost. Ne postoje nikakvi novci
niti bilo koje blago koje bih mijenjala za pola današnjeg dana
čitajući Hadžibega. Prvi put kad pročitam priču, moram se
nasmijati tako glasno da cijela lamela odzvanja.
To doprinese oslobađanju svih negativnih misli iz mozga,
ostavljajući samo endorfine, dopamine i druge hormone sreće.
Osim što zaista djeluje poput fantastične psihoterapije, Hadžibeg
daje jaku poruku o ljudskosti, socijalnom, vjerskom, imovinskom

stanju bosanskog čovjeka u 21. vijeku, praveći paralelu sa periodom u prošlom vijeku kada se živjelo na drugačiji način Definitivno, djelo koje obiluje veoma bogatom pozitivnom energijom, sa jakom poukom, djelo koje je, ponavljam, grehota pročitati jednom Ismijala sam se da valja, a i načitala lijepih misli i poruka, i mogu ti reći, nisi ti samo blagog sarkazma vec znaš biti i direktnog stajališta, za nekog od 85 godina, ko ne gleda tv i ne čita novine, imas ti jasne stavove o aktuelnim postratnim situacijama u državi, ja ti se divim Uzeir
Hana Hodžić Kalesija

E vala je i meni drago što je Uzeir izmišljen lik. Nešto sam kontala da je djed od 80 godina ko zna koliko bi još priča napisao a ovako ih možemo očekivati još puno ako Bog da.
Merima Mesic Tuzla

Nemoj se nikada odvajati od Hadzibega jer si mu ti dao dusu i rijeci....citam.te sa puno nostalgije...ceznje za rodnom grudom i nasom riječi.....nikada nemoj prestati pisati..ti si naš novi Ivo Andric ili Mesa ....svaka ti cast na svim.pricicama....osvjezis nam dan...preneses u one divne dane djetinjstva u Bosni.....hvala...do neba !
Jadranka Dubljević Vogošća, Meksiko

Mi koji smo odrasli uz djeda i majku nepopravljivi smo nostalgičari za svim što miriše na starinsko. Pa tako evo ja skupljam vazda neke krševe i dajem im počasna mjesta u svom domu. Kofere, saksije, lonce, bokale...riječi
One su mi najdraže. Dođu mi kao mašina s kojom putujem kroz vrijeme. Jedna riječ pokrene cijeli sistem. A u tom mome sistemu nekih suza nikada ne nedostaje. To već znaju i ptice na grani. A jedina koju to brine, jer misli da mi opasno škodi taj put u rikverc, je moja mama.
Tako ona s vremena na vrijeme ko fol sasvim spontano priupita, sanjaš li djeda i majku?
Eh! Da barem postoji dugme koje se stisne pri odlasku na spavanje,za sastanak sa ružama djetinjstva. Ja bih ga dosad

tiltovala.

Zadnji put sam joj na to pitanje rekla, ne sanjam mama, ja ih gledam svaki dan. Pričaju mi priče. One lijepe naše priče. Znaš ono kako smo prije nedjeljom bili svi u avlijama, kod Sadika vazda muzika iz Varburga, Dževdo zeza sa zidića, Sakiba sa balkona doda koju i smijeh se prostire duž cijele ulice. Djed na stepenici sjedi turski,zbija opasne šale. Eso u pola ljeta nosi gumene čizme, a Pipi i ja šijemo lutkama haljine. Svi smo kao jedna velika porodica i ko bi rekao da će jednoga dana sve biti drugačije. Pričam ja, a s druge strane muk. Mama jesi li tu?

Kaže ona glasa zabrinutog, sine vruće je danas, piješ li dovoljno vode?

Mati draga, zaboravih ti reči, čitam Hadžibega , nisam šenula. Kroz njegove priče dozivam djeda i majku, ba!

Lejla Avdić Pašagić Gradačac, Sanski Most

Hadžibeg nije za mene samo knjiga, već čitava jedna kultura življenja u kojoj Uzeir Hadžibeg udahnjuje dušu bosanskom insanu i opisuje šta ga čini sretnim, a šta mu fali. Na vjetrometini između istoka i zapada, raznih događanja, a naročito navale Pink televizije kulture , za mene ove priče stoje, kao štit svega što je izvorno bosanskohercegovačko i što nas čini jedinstvenim i drugačijim. Ko želi razumjeti filozofija je vrlo jednostavna:
" Nemoj se stiditi onog što jesi, a truditi da budeš ono što nisi"!
Hadžibegova je najljepša bašča priča na internetu, a i komentari su kao leptiri koji slijeću i uzlijeću sa priče na priču i šire pozitivnost.
Ejvala ti pisanje Poštovani Uzeir Hadžibeg!
Mediha Omerović Smajlović Višegrad, Danska

Tekstovi originalni , opuštajuci , lahki za čitanje , i svako ih razumije !
Dina Kunovac

Mashala ovaj nas Uzeir sve pamti sve bilježi i krasnopisom unosi u svoje knjige: adete, zbivanja i razmišljanja tako da će mnoge generacije iz njega čitati razmišljati i iznositi svoje zaključke iz svega. Nekako me podsjeća na Mešinog Nurudina. E pa neka mu je Hairli i ova treća sufara, imat ćemo se čime razgaljivat u dugim zimskim noćima uz naložen šporet .
Nedžad Dervišević Sarajevo, Cambridge Ontrio

Iskreno mi je drago da se Kemal trudi da sacuva i ocuva nas identitet. Predpostavljala sam da je Uzeir fiktivan, ali sam se iznenadila da je pisac relativno mlad. Cestitke i samo tako nastavite. Mislim da bi se Kemalove knjige trebale uvrstiti u skolske lektire. Zar ne ministre?
Amira Sejfić Kristiansen Sarajevo Danska

 Kahva, cigar, kiša...a kud ćeš šta više...priča...jedna, druga i tako svaki dan jedno dobro djelo od Hadžibega...hvala vam.
Vahida Halilović Tuzla

Je'na po je'na, dođje se do treće, najzanimljivije izgleda...
Insan bude, a k'o da nikad nije bio...jos ako je poznat po tersluku, niko neće ni da ga spomene...
Dobri ljudi se pamte zauvijek...ti Uzeir Hadžibeg, eto za života ćeš biti proslavljen i upamćen kao vrstan pripovjedač, koji je širio svoje znanje kroz priče, koje si dijelio sa nama...
Neka te prati sreća i nek ti bude hajirli i treća...
Hasna Kahrimanović Dobrinja

Uzeir Hadžibeg jučer onaj sivi dan u Vitezu osvjetli svojim dolaskom, divnim pričama i muhabetom...mozda njegove priče ne mogu biti zanimljive ovim " modernim" generacijama...ali Hadžibegove priče vraćaju u dio života koji je ostao kao najdraža USPOMENA...
Potrefi temu, potrefi jezik i potrefi vakat ma ne umijem vam rijet nego potrefio sve troje u bobu.
Mujo Trako Vitez

Bilo je veliko zadovoljstvo ugostiti i družiti se sa insanom, čovjekom a od danas i našim iskrenim prijateljem Uzeir Hadžibeg. Hvala u ime cijelog Društva, grada Viteza i u ime kompletnog Upravnog odbora BZK"Preporod'Vitez što ste nam ukazali čast i proveli jedno lijepo poslijepodne u našem gradu. Rijetko kada nam život pruži prilike da stvorimo uspomene koje ćemo pamtiti i koje ćemo njegovati na poseban način. Ovo druženje je bila jedna takva prilika i mi smo je prihvatili. Zajedno smo donijeli odluku da ovo druženje nije kraj već početak jedne nove stranice prijateljstva između BZK"Preporod'Vitez i Uzeira...

Damir Bešić Vitez

Šta drugo da ti kažem osim Aferim, Bravo i Hvala, što si uspio da uđeš u duše svih nas i da svakoga dana sa radošću i osmijehom čitamo jednu od tvojih priča, jer smijeh je najbolja terapija..

Ina Hadžibegić Dobrinja

Dok je nas i Uzeir Hadžibeg će biti živ. Na nama je da ga sačuvamo !

Vanja Crnojević Maglaj

SADRŽAJ

182

HADŽIBEG 3

Made in United States
North Haven, CT
08 October 2021

10220067R00105